KB261587

밤의 클라라

CLARA LA NUIT

by Catherine Locandro

밤의 클라라

카트린 로캉드로 지음
최정수 옮김

1판 1쇄 인쇄 | 2006. 9. 29
1판 1쇄 발행 | 2006. 10. 18

발행처 | Human & Books
발행인 | 하응백
출판등록 | 2002년 6월 5일 제2002-113호

서울특별시 종로구 경운동 88 수운회관 1009호
마케팅부 02-6327-3537, 편집부 02-6327-3535, 팩시밀리 02-6327-5353
이메일 | hbooks@empal.com

값은 뒤표지에 있습니다.

ISBN 89-90287-99-5 03860

밤의 클랑카

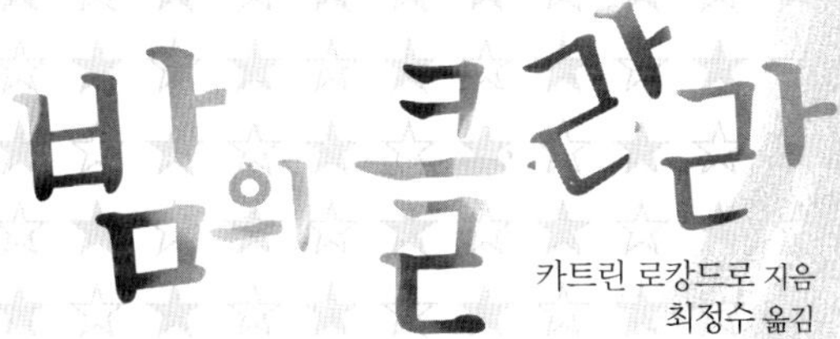

카트린 로캉드로 지음
최정수 옮김

Human & Books

파비엔에게
마리T에게

로마로 가기 전, 나는 첫 번째 삶을 살았다.

이중의 삶, 밤과 낮으로 나뉜. 유일한 구원이라고 생각했던,

그러나 한낱 착각일 뿐이었던 그 대비.

양쪽으로 날이 선 칼. 낮의 클라라와 밤의 클라라는

결국 같은 얼굴, 두려움의 얼굴을 지니고 있었다.

그것을 이해한 지금, 나는 두 번째 여행을 해야 한다.

첫 번째 여행은 많이 힘들었다. 그리고 퍽 길었다.

첫 번째 이야기

1

계단 발치에서 나는 평소와 같은 질문을 했다. 새로운 손님을 상대할 때 내가 늘 하는 질문. 방으로 들어가서 손님에게 충실히 행동하기 전에 내 경제 활동에 시동을 거는 '아주' 사소한 버릇.

"올라갈까요, 아니면 그냥 갈까요?"

남자는 내 눈을 똑바로 들여다보았다. 그런 다음에는 내 다리와 드러난 가슴 언저리를 뚫어져라 바라보았다. 그는 내 쪽에서 상황을 주도해 주기를 기다리는 듯, 담배를 피워 무겁고 무기력해진 목소리로 "상관없소."라고 대답했다.

　　나는 계단을 올라가 그의 앞에 가서 섰다. 하지만 멋지게 보이려고 연출한 그 행동은 사실은 쓸데없었다. 계단은 5층까지 이어졌으니까. 엘리베이터를 타고 올라가면서, 나는 그의 시선이 지금 어디를 향하고 있는지 궁금했다. 보통 때 같으면 불필요한 궁금증이었다. 그 답은 자명하니까. 하지만 이 손님은 평소에 나를 찾는 평범한 손님과 다른 데가 있었다. 고정되어 있는 그의 눈과 태도 속에 담긴 그 무엇 때문에 그는 고행자 혹은 정신 나간 사람처럼 보였다. 세상을 너무나 잘 아는, 혹은 세상으로부터 더 이상 아무것도 기대하지 않는 사람 같았다. 그의 우아함 또한 나를 놀라게 했다. 불쾌한 냄새를 감추기 위해 향수를 사용하는 데 많은 돈을 지불하고 사는 그런 종류의 우아함을 말하는 것이 아니다. 그런 우아함은 결국엔 불쾌한 냄새와 섞여 더욱 끔찍한 악취를 풍기게 마련이다. 그의 우아함은 자연스러웠다. 일부러 의도한 것이 아니었다. 그의 아름다운 용모 또한 그랬다. 시간의 흔적이 남겨진 고통스러운 얼굴. 온갖 사건을 다 겪은 듯한 아름다움. 우연한 아름다움. 어두운 두 눈. 그리고 그 위에 드리워진 흰머리 몇 가

닥이 섞인 손질되지 않은 검은 머리카락. 오십 세쯤 되어 보이는 남자. 그는 내 단골손님이 아니었고, 나는 '루이자네'에서도 그를 전혀 본 적이 없었다. 그러니까 그는 새로운 손님이었다. 드물기는 하지만 때때로 새로운 손님이 나를 찾아오는 일이 있었다. 그들은 친구에게서 소개를 받고 나를 찾아왔다. 혹은 카페에서 나를 보고 우연히 접근하는 경우도 있었다.

나는 조금 겁이 났다. 이런 느낌이 익숙하지 않았다. 지금까지 나를 겁나게 한 손님은 한 명도 없었다. 그 이유는 아주 먼 곳으로 거슬러 올라간다.

나는 불안감을 감추기 위해 '밤의 클라라'에게 의지했다. 단정치 못한 싸구려 옷, 진하고 야한 화장. 이것이 내 전쟁용 분장이었다. '내가 만난 남자들' 명단에는 막대한 수의 남자들 이름이 올라 있었다.

우리는 5층에 도착했다. 우리 앞에 방문이 보였다. 붉은 페인트가 벗겨져 오래된 나무 문의 푸르스름한 재질이 드러나 있었다.

남자는 내 뒤로 조금 물러서서 기다렸다. 나는 문을 열고 먼저 들어간 다음 그를 들어오게 했다.

방 안에 놓인 침대 머리맡에는 스탠드 불빛이 밝혀져 있었다. 나는 손님 두 사람을 받는 동안 그 스탠드를 절대 끄지 않았다. 방 안은 오렌지 빛이었다. 남자는 내가 방금 닫은 문 앞에 꼼짝 않고 서 있었다. 그는 주변을 둘러보았다. 쇠창살이 달린 침대, 의자, 거리를 향해 나 있는 창문, 비누와 스펀지 하나가 놓인, 구석에 있는 노르스름해진 파엔차(이탈리아 북부에 있는 도시. 도기 제품으로 유명하다.—옮긴이) 도기陶器 세면대. 그리고 나.

"지금 선불로 주시겠어요? 돈 떼어먹을 분처럼 보이진 않지만 난 그렇게 하는 게 좋거든요."

그의 침묵에 마주하여 튀어나온 내 습관적인 말이었다. 안심시키는. 창녀와 손님 사이에서 오가는.

그가 지갑을 열더니 오십 유로짜리 지폐 한 장을 꺼냈다. 그것 역시 오렌지 빛이었다. 나는 그 지폐를 받아 다른 소지품들과 함께 침대 머리맡에 놓인 협탁 서랍에 넣었다. 그런

다음 그를 향해 돌아섰다. 나는 그에게 눈짓으로 세면대를 가
리켰다.

"시작하기 전에 좀 씻죠? 우선 손을 씻고, 당신이 원한다면
다른 데도 씻고요. 다른 데를 씻을 거라면 내가 도와줄 수도
있어요."

내 목소리는 추파를 띠고 있었다. 긴장해서 오버한 것이다.
그는 여전히 아무런 반응도 보이지 않았다. 그가 입을 다물고
가만히 있자 나는 신경질이 났고, 시간이 흐를수록 신경질을
감추기가 힘들었다.

그런데 내가 기대하지도 않고 있을 때, 그가 갑자기 움직이
기 시작했다. 그는 나를 보지도 않은 채 내 앞으로 오더니 의
자에 가서 앉고는, 침대 위를 가리키며 시키는 대로 하라고
내게 손짓했다.

"당신 짭새예요?"

그는 유혹하는 것도 아니고 그렇다고 안심시키는 것도 아
닌 목소리로 '아니'라고 대답했다. 하지만 내 머릿속은 여전
히 혼란스러웠다. 내 앞에 있는 남자가 대체 무슨 생각을 하

는지 알 수 없었고, 그런 일은 평소에 흔히 일어나는 일이 아니었다. 여전히 의심스러운 가운데 나는 공모의 카드를 써 보기로 했다.

"혹시 뭔가 특별한 걸 원해요? 그런 거예요?"

그는 다시 지갑을 꺼내더니, 두 번 접은 하얀 종이 한 장을 꺼내 나에게 내밀었다. 나는 그쪽에서 뭔가 신호해 주기를, 그러니까 밟아야 할 어떤 절차에 대해 귀뜸해 주기를 기다리며 망설이는 시늉을 했다. 그러나 침묵만이 내 질문에 대한 유일한 대답이었다.

나는 종이를 받아 펼쳤다. 또박또박 쓴 글씨가 촘촘히 종이 위에 적혀 있었다. 검은색 잉크로 쓰인 그 글의 내용은 다음과 같았다. '나는 당신을 원해요. 나는 당신을 원해요. 나는 그 누구도 원한 적이 없어요. 나를 이렇게 내버려 두지 말아요……'

사랑의 고백이었다. 아름답고 절망적인, 버림받은 사람의 입에서 나오는 욕망의 말들. 낙담한 사람의 마음이 물씬 묻어나는.

나는 종이 위를 재빨리 눈으로 훑은 뒤 남자를 향해 눈을 들었다.

"이게 뭐예요?"

"당신이 그걸 읽어 줬으면 하오. 어조를 잘 살려서."

나는 화를 내며 거절했다. 왜 그렇게 화를 냈는지 처음에는 나도 잘 몰랐다. 아마도 두려움 때문에 그랬던 것 같다.

나는 지금 창녀이고 그가 나를 창녀로 대해 주기를 바랐다. 이런 일은 '낮의 클라라'가 '밤의 클라라'의 영토를 잠식하는 문제 그 이상이었다. 나는 깨지기 쉬운 그 미미한 경계를 확립하느라 몇 년의 세월을 바쳤고, 그 경계를 필사적으로 보호하고 있었다.

"못 해요. 나는 창녀예요, 배우가 아니라고요. 남자들이 내게 돈다발을 들이밀면 난 다리를 벌려 줘요. 그리고 휘리릭! 그게 다라고요. 그리고 말예요, 내가 만약 당신이라면 명상이라도 하는 것 같은 그런 짓거리는 그만두겠어요. 당신에게 할당된 삼십 분이 벌써 많이 지나가고 있으니까요!"

"아까 준 오십 유로에 대한 대가로 그것만 읽어 주면 되오.

그리고 다 읽고 나면 보너스로 오십 유로를 더 얹어 주겠소. 창녀에게는 이런 식으로 말하면 되는 거 아니오?"

그는 아주 평온한 태도로 그렇게 말했다. 내가 퍼부은 독설에 자신의 고요함과 침착함을 대비시키면서. 이미 진 싸움이었다. 나는 결국 그의 제안을 받아들였다.

그렇게 해서 내 첫 번째 여행이 시작되었다.

나는 서둘러 단조로운 어조로 낭독을 시작했다. 최대한 빨리 그 일을 끝내고 싶었던 것이다.

"그만!"

나는 종이 위에서 눈을 들어 나를 쳐다보고 있는 그를 바라보았다. 그의 얼굴은 심각했지만, 화가 났다거나 초조해하는 흔적은 전혀 없었다. 그는 기다렸다. 내가 체념하고 자기 말대로 하리라는 사실을 그는 알고 있었다. 그는 내가 다시 시작하기를 기다렸다.

"'나는 당신을 원해요. 나는 당신을 원해요. 나는 그 누구도 원한 적이 없어요. 나를 이렇게 내버려 두지 말아요. 나는 자

존심도 버렸어요. 그 까짓 것 내겐 아무 상관없어요. 그래요,
자존심 같은 건 어떻게 돼도 좋아요. 그건 질병, 감정의 암덩
어리일 뿐이니까요. 당신에게 나를 사랑해 달라고 요구하진
않겠어요. 당신을 사랑하도록 그냥 내버려 두기만 하세요. 당
신은 곧 깨닫게 될 거고, 내가 사랑스러워질 거예요. 당신과
함께라면 나는 알게 될 거예요. 나는 당신의 침묵, 당신의 고
독을 배울 거예요. ……나는 당신이 소리 없이 성가시지 않고
자연스럽게 사랑에 빠져들기를 기다릴 거예요. 당신은 나를
믿어야 해요. 나는 더 이상 다른 사람들을 몰라요. 이젠 그들
이 보이지도 않아요. ……당신을 사랑해요.'"

낭독하는 동안 나는 한 번도 그를 보지 않았다. 하지만 그
가 꼼짝도 않은 채 내 피부의 작은 결 하나하나에까지 주의를
집중하고 있다는 것을 느낄 수 있었다.

시간을 조금 끈 다음 나는 눈을 들어 그를 쳐다보았다. 나
는 고개를 숙인 채 종이를 천천히 다시 접었다. 그가 두 번째
로 침묵을 깼다.

"고맙소."

그는 미소를 지었다. 그가 미소를 지을 줄 알 것이라고는 미처 생각해 보지 못했다. 조금 슬픈 듯한 미소, 거의 어린아이 같은 미소였다.

잠시 후, 그가 일어나서 약속한 돈을 내게 내밀었다. 나는 접은 종이와 그 돈을 교환했다. 그리고 '밤의 클라라'로 하여금 마지막으로 묻게 했다.

"이게 정말 당신이 원하는 전부예요?"

"그렇소. ……당신은 무척 아름답군요."

그가 조금 어색해하며 대답했다.

그는 마지막 말을 내게서 돌아서기 직전에, 변명이라도 하는 듯이 뱉어 냈다. 그리고 문을 열고 사라졌다. 나는 한동안 얼이 빠진 채 혼자 가만히 있었다. 손끝 하나 까딱할 수 없었다. 몇 분 뒤, 나는 창가로 걸음을 옮겼다. 거리의 숨 막히는 소음이 물결처럼 밀려 올라왔다. 날카로운 목소리들, 경찰차의 사이렌 소리…… 포화상태인 파리의 대기 속에서 서로 섞이고 충돌하며 터져 나오는 이야기의 편린들이었다. 이미 오

래 전부터 밤이 내려앉고 있었다. 나는 맞은편에 보이는, 따뜻

하고 용기를 북돋워 주는 루이자네 바의 불빛을 바라보았다.

일하고 난 뒤에 늘 그렇듯, 나는 길을 건너 '루이자네'로 들어갔다. 아직 이른 시각이었다. 이제 막 이십일 시가 되었다. 하지만 그날 밤 내 일이 끝났다는 것을 나는 알고 있었다.

바는 그 시간이 가장 붐볐다. 야행성인 올빼미족들, 개전改悛의 여지가 없는 탕자들, 불면증에 시달리는 사람, 갈증을 느끼는 사람, 조합에 소속되어 일하는, 잠깐 쉬러 온 창녀들. 이 모든 사람들이 인근 1킬로미터 반경 내에 사는 사람들의 사교장인 이 술집에 와서 카운터 주변이나 홀 안에 자리를 잡고 술잔을 비우며 수다를 떨고 있었다.

‘루이자네’는 사람들이 바람직한 장소라고 생각하는 곳은 결코 아니었다. 하지만 사람들은 여기에 와서 시간을 보내며 즐거워했다. 여주인의 특이한 내력을 제외한다면, 이곳은 생 드니 거리 주변의 구석진 곳에 있는 다른 많은 바들과 다를 바 없는 곳이었다.

루이자는 이탈리아 출신의 사십대 여자였다. 오래 전 다른 삶을 살 때, 그녀는 남자였다. 여자처럼 예쁜 ‘라가조(ragazzo, 십대 소년이라는 뜻의 이탈리아어.—옮긴이)’였다. 그가 살던 마을의 남자와 여자들은 그에게 모욕을 주었다. 그들은 그를 이해하지 못했다. 그래서 루이지는 배를 타고 기차를 탄 끝에 프랑스의 툴롱에 도착했다. 그는 그곳 항구 근처의 무더운 거리에서 매춘을 하며 몇 년을 보냈다. 시간이 꽤 흐른 뒤, 그는 파리로 왔다. 그리고 또 시간이 흐른 뒤 수술을 받았다. ‘루이지’는 ‘루이자’가 되었다. 마침내 그 자신이 된 것이다.

루이자는 이탈리아에 대해 자주 말하지 않았다. 이따금씩 오래된 노래의 후렴구 같은 것을 입술 끝으로 읊조릴 뿐이었다.

나는 그녀가 칼라브리아(이탈리아 남부에 있는 주. 티레니아 해海
와 이오니아 해海 사이에 끼여 있는 산악 지방이다.—옮긴이)의 메마
르고 뾰족한 바위들과 로마의 감미로움을 그리워한다는 것만
알 수 있었다.

바를 경영하고 수술받기 전, 루이자는 파리에서 십 년 동안
창녀로 일했다. 그는 생 드니 거리에서 가장 예쁜 여장 남자
중 한 사람이었다. 그는 택시 기사에서 최상류층에 이르기까
지 단골손님을 확보하고 있었다. 그중에는 유명한 영화배우
도 있었다. 그러나 어느 순간 그 생활이 지겹다는 생각이 들
었고, 그녀는 이 바를 인수했다. 어느 날, 키가 아주 크고 인디
언의 아름다운 입을 가진 한 남자가 찾아와 혹시 웨이터가 필
요하지 않느냐고 물었다. 루이자는 그렇다고 대답했고, 토니
는 그녀의 애인이 되었다. 그것은 그녀가 자주 말하듯 '기적'
이었다. 시간이 좀더 지난 뒤, 수술이 마지막 단계에 다다랐
고, 마침내 그녀는 합법적으로 변모했다.
토니는 언제나 그녀 곁에 있었다. 그는 그녀에게 충실했고

결함 없는 사랑을 그녀에게 주었다.

나는 카운터 주변에 놓인 등받이 없는 의자 하나에 앉았다. 주문하지도 않았는데 토니가 내 앞에 붉은 보르도 포도주 한 잔을 내려놓았다. 그와 둘이서 또는 손님과 셋이서 한잔. 변함없는 내 습관이었다. 거리 생활을 하게 된 이래 나는 루이자의 바를 위해 그렇게 하고 있었다.

루이자는 내가 술 마시는 것을 좋아하지 않았다. 실제로 나에게 자주 그렇게 말했다. 이탈리아어 억양이 있는 쉰 목소리로. 나는 그녀에게 장난치면서 특별히 걱정할 필요는 없다고, 나는 '서비스'로 마시는 것뿐이라고 대답했다. 그것은 사실이었다. '밤의 클라라'의 장비 속에 곁들여지는 또 하나의 액세서리.

루이자는 내 처지에 대해 자주 걱정했다. 그녀는 자기가 사랑하는 사람들에 대해 끊임없이 걱정했다. 그럴 이유가 없을 때조차도. 그녀는 정이 많고 걱정도 많은 성격이었다.

그녀는 내가 그녀에게 말하지 않는, 내 침묵이 그녀가 모르는 내 존재의 다른 부분 속에 자발적으로 가둬 놓은 그 무엇을 알아내려고 곁눈질로 나를 감시하고 있었다. 때때로 그녀는 토니를 척후병으로 보냈고, 때로는 직접 여러 가지를 캐묻기도 했다. 그러나 위장술의 귀재인 나는 루이자의 레이더망을 교묘히 피해 갔다.

술잔을 비우고 있는데 손님 한 명이 술집 안으로 들어왔다. 내 단골손님 중 하나였다. 결혼했고 세 아이가 있는 공인 회계사. 그는 일주일에 한 번, 월요일마다 '계산 결과가 나올 기미가 안 보인다'는 구실을 대며 퇴근 후 나를 보러 왔다. 그는 죄의식 때문인지 진땀을 흘리고 편집증을 보였다. 그는 주변에 혹시라도 아는 얼굴이 없는지 둘러보며 절망적인 시선을 던지더니 나에게 다가왔다.

하필이면 이 순간 그가 나에게 다가와 함께 '나갈' 수 있느냐고 물어본 것은 정말이지 고약하고 불안스러운 일이었다.

"미안해요. 오늘 밤은 일이 끝났어요."

그의 불안감이 고조되었다. 그는 내 귀에 입을 가까이 갖다 대더니, 비난의 말과 내 동정심을 불러일으키기 위한 애원의 말을 쏟아 냈다.

"내가 일주일에 한 번만이라도 해방감을 느끼는 게 얼마나 어려운 일인지 당신은 잘 알잖아. 나는 스무 시 삼십 분에 여기에 왔어. 하지만 당신은 없더군. 일전에 우리 둘이 약속했잖아……. 월요일 스무 시 삼십 분. 그 시간은 나를 위한 거라고. 오늘 밤 같이 방에 올라가지 못하면 나는 다음 주까지 기다려야 해……. 나는 그럴 수 없어! 이해하겠어? 나는 그럴 수 없다고……."

손님이 내게 와서 말을 걸면 늘 곁눈질로 나를 지켜보는 토니가 우리 쪽으로 다가왔다. 그는 때가 되면 손님을 문 쪽으로 모시고 나가 배웅하려고 내 쪽에서 신호를 보내기만 기다리고 있었다.

"한 타임 뛰었는데 예상보다 시간이 많이 걸렸어요. 그래서 오늘 밤엔 당신을 위해 아무것도 해줄 수가 없네요. 이 거리에 창녀가 나 하나만 있는 것도 아니니, 당신은 당신 행복을 찾아낼 수 있을 거예요."

회계사는 화가 났지만 토니의 시선이 자기에게 고정된 것을 알아차리고 불현듯 대화를 끝냈다. 그러나 검지로 삿대질 하며 내 인격을 비난하는 것을 잊지 않았다.

"오케이, 당신이 원하는 게 그거라면! 하지만 내가 매주 당신에게 돈다발을 갖다 바치는 걸 생각하면 날 좀더 잘 대접해야 할 거야!"

손님의 호출에 대한 응대를 게을리하는 것은 평소 나답지 않은 행동이었다. 일을 너무 일찍 끝내는 것도. 내 손님들 역시 그것을 알고 있었고, 루이자도 알고 있었다. 그러니 이 작은 언쟁이 루이자의 레이더망을 피해 갈 리 만무했다. 루이자가 내게 다가와 별일 없냐고 물었다. 나는 별일 없다고 대답했다. 단지 조금 피곤할 뿐이라고. 그녀는 더 이상 캐묻지 않았다.

바로 그날 밤, 루이자가 일전에 실비아와의 사이에서 일어난 사건에 대해 이야기했다. 실비아는 암갈색 피부를 가진 자그마한 여자였다. 블롱델 거리의 대부분의 여자들처럼 일명 '뱀장어'라고 불리는 로제 씨의 '보호' 아래 일하는, 거짓말 병증세가 있는 자그마한 금발 여자. 루이자와 나는 그 여자를 별로 좋아하지 않았다. 그 여자에 대해서는 말들이 많았다.

실비아는 얼마 전 '루이자네'에 한잔하러 왔다. 평소에도 꽤 정기적으로 오는 편이었다. 그 여자는 알코올의 힘을 빌려 바의 손님 한 명을 호리기 시작했다. 바 주인인 루이자는 내 이익과 자신의 평판을 보호하기 위해 실비아에게 즉시 '그 짓'을 멈추라고 말했고, 실비아는 루이자에게 욕을 퍼부으며 격하게 화를 냈다. 실비아는 클라라만 이 바에서 영업하도록 허락하는 이유가 뭐냐고 물었다.

루이자는 대답했다. 자신은 포주가 아니며, 이 바에서 영업하도록 클리라한테 허락했다면 그건 클라라에 대한 우정 때문이지 다른 이유는 없다고.

소란은 점점 커졌고, 결국 토니가 실비아를 문 앞까지 데리고 나갔다.

"그런 게 아니야. 잘 알아 둬. 여긴 존중받을 만한 곳이야, 매음굴이 아니라고!"

루이자는 흥분하면 이탈리아어 억양이 굉장히 강해지곤 했다. 나는 빙그레 웃지 않을 수 없었다.

"내 잘못이에요, 루이자. 내가 그 여자들에게 나쁜 인상을 줬나 봐요."

"당신은 여기, 우리 가게에 있어. 다른 애들은 각자 원하는 대로 알아서 하고. 이 거리에 창녀를 드나들게 하는 술집이 부족한 것도 아니잖아."

내 위치는 다른 창녀들과 달리 독립적이어서 자주 질투를 불러일으켰다. 그러나 나에 대한 루이자의 호의가 만들어 준 그 특별한 위치에 대해 한 여자가 그렇듯 공공연하게 분통을 터뜨린 것은 그때가 처음이었다.

그 언쟁 이후 실비아는 다시는 바에 나타나지 않았다.

나는 '루이자네'에 한 시간쯤 더 머무르다가 변신하기 위해 일하는 방으로 돌아갔다. 그것은 변함없는 내 일상의 의식이었다.

나는 방 한가운데에 서서 신고 있던 무도화를 벗었다. 뾰족한 쇠 굽이 바닥 위에서 또각또각 소리를 냈다. 다음으로는 검은색 가죽 스커트의 지퍼를 내렸다. 스커트가 내 다리를 따라 미끄러져 내렸다. 나는 스커트를 바닥에서 집어 침대 위에 올려놓았다. 이번에는 윗옷이었다. 윗옷도 검정색이었고 가슴 부분이 깊게 파여 있었다. 나는 윗옷을 스커트 옆에 가지런히 올려놓았다. 스타킹과 가터벨트가 남아 있었다. 나를 밤과 연결시켜 주는 궁극의 액세서리.

그 층 전체가 공동으로 쓰는 샤워실에서 샤워한 뒤(그래도 그 방에는 세면대가 있어서 한 타임이 끝나고 다음 타임이 시작되기 전에 은밀하고 간단하게 씻을 수 있는 것에 만족하곤 했다.), 나는 매일 가지고 다니는 스포츠 배낭을 집어 들었다. 그리고 변신에 착수했다. 나는 배낭 안에서 나의 '민간인' 옷을 꺼내 밤새 입고 있던 유니폼과 교체했다.

세면대 위 벽에 걸린 거울을 바라보며 화장을 지우는 것으로 언제나 끝이 난다.

나는 이 행동을 매일 밤 천천히, 정확하게 완수해 냈다. 감압실減壓室처럼, 내 두 개의 삶 사이에 존재하는 일종의 '노 맨스 랜드(no man's land, 전쟁 시 양쪽 진영 사이에 위치한 어느 쪽에도 속하지 않는 땅.—옮긴이)'처럼.

나는 어깨에 배낭을 멘 채 거리로 내려와 아르 에 메티에 역까지 걸어갔다. 나는 보통 한 시 오 분에 출발하는 마지막 지하철을 탔다. 하지만 그날 밤 내가 메리 데 릴라 방향으로 가는 열차 안에 앉았을 때는 겨우 이십이 시 사십오 분이었다. 나는 네 정거장을 더 가서 피레네 역에서 내렸다. 또 다른 나의 삶이 기다리고 있었다.

3

'낭독'을 해달라고 부탁했던 남자에 대한 기억이 며칠 동안 나를 따라다녔다. 낮 또는 밤의 어느 순간에 그 영상과 말들이 다시 나를 찾았다. 나는 그것들이 내 안에 불러일으킨 감정들을 설명하거나 이름을 붙이려고 애쓰지 않았다. 하지만 반복되고 단조로운 내 낮 시간 때문에 그 느닷없는 플래시백은 합당한 이유를 찾게 되었다.

나는 뷔트 쇼몽 공원 옆에 살고 있었다. 언젠가 내가 그 일을 다시 회상하게 될지 어떨지 당분간은 알 수 없었으므로,

나는 그 일을 지나간 일로 치부했다. 현재로서는 그 모든 것이 너무나 멀게 느껴졌다.

쾌적한 방 두 개가 있는 내 아파트는 1970년대에 지어진 대형 콘크리트 여객선의 10층과 꼭대기층을 차지하고 있었다. 나는 거기서 에펠 탑과 사크르 쾨르 대성당을 바라보았다. 저녁이면 에펠 탑의 조명이 내 거실 벽을 규칙적인 간격을 두고 비추었다.

내가 사는 건물 주변에는 위엄이 있지만 미관을 해치는 다른 대형 여객선들이 떠 있었다. 건축적 착오의 산물인 그것들은 인간적인 규모를 가진 도시의 집들과 파괴의 가장자리에서 살아남은 오래된 벨빌의 비위생적인 건물들과 나란히 서 있었다. 아프리카인이 운영하는 가내 수공업 공장, 타투 가게, 전위예술을 취급하는 화랑, 어린이 책 서점, 유대교 교리에 따라 영업하는 정육점, 아랍 식료품점 등 작은 상점가도 있었다. 그 사람들은 행복 혹은 폭력과 사귀고, 서로 말을 걸고, 스치고, 서로 관찰하고, 손을 잡았다……. 그러나 진정으로 서로 섞이는 일은 없었다.

나는 바로 그 대비를 사랑했다고, 그곳에서 내가 사랑한 건 바로 그것이라고 생각한다. 내 삶의 총체는 그것으로 만들어졌다.

'낮의 클라라'와 '밤의 클라라' 사이에는 '이십'이라는 숫자로 요약되는 경계가 있었다. 매일 저녁 이십 시 정각에 나는 '루이자네'에 입장했다. 그리고 매일 밤 마지막 지하철을 타기 위해 그곳을 떠났다. 더 늦는 법은 결코 없었으며, 예외적인 경우를 빼고는 더 일찍 떠나지도 않았다.

나의 낮 시간은 똑같은 스케줄에 따라 조직되었다. 일곱 시 삼십 분: 일어나서 체육관에 간다. 자전거를 타고 아파트로 돌아와 복근운동을 조금 한다. 여덟 시 삼십 분: 아침 식사. 메뉴는 늘 똑같다. 차, 시리얼, 오렌지 주스, 요구르트. 아홉 시: 샤워. 아홉 시 삼십 분: 공원에서 산책과 독서, 혹은 시간에 따라 서점에서 책 구입. 열한 시: 잡다한 용무 보기. 열두 시 삼십 분: 점심 식사.

오후 시간은 예상치 못한 행정적 문제를 처리하거나 병원에 가는 데 소용되었다. 십팔 시경에는 스포츠 배낭을 꾸렸다. 옷은 언제나 같았다. 매일 아침 세탁해서 말리는 윗옷, 낡아 가는 흔적이 조금씩 보이기 시작한 가죽 스커트. 십구 시에 지하철을 탔고, 지하철을 타고 가는 내내 독서를 했다. 십구 시 삼십 분에 일하는 방에 도착했다. 변신을 마치고 '루이자네'로 내려갈 시간은 충분했다. 이십 시. 내 삶의 경계를 이루는 시각이었다.

이 엄격한 시간표대로 행동하다 보면, 내가 우연과 모든 종류의 혼란을 피해 내 삶을 잘 조직하고 있다는 느낌을 받았다. 극단적인 경우 정신분열로 치달을 수도 있는 상황을 균형 감각을 갖고 잘 견뎌 내고 있다는 기분이 들었다.

나의 낮 시간은 밤 시간의 네거티브 필름이었다. 알코올도 없고, 섹스도 없고, 남자들도 없었다. 나는 나 자신을 내 삶의 두 얼굴과 이어 주는 시간표를 엄격하게 준수할 뿐이었다. 두 얼굴의 대비는 내 육체적, 정신적 생존에 필수적이었다. 물론 두 얼굴이 잘못 섞이면 죽을 만큼 힘들어질 수도 있었다. 나는 그것 때문에 망가지는 여자들을 숱하게 보아 왔다.

또한 나는 다른 사람들의 시선을 꺼렸고, 사람들이 나를 방문하여 시간을 끌 때 뒤따르는 무질서를 갖은 핑계를 대어 피하면서 나 자신에게 전적인 고독을 부여했다. 나는 낮에 아무도 만나지 않았다. 밤에는 규칙에서 벗어나 오직 루이자와 토니만 만났다. 그들은 말하자면 나의 대체가족이었다. 내가 내낮의 삶에 대해 그들에게 아무것도 털어놓지 않는다 해도. 거리의 다른 여자들에 대해 말하자면 그녀들과 이야기하는 경우는 거의 없었고, 손님들과의 직업적인 관계 말고는 다른 인간관계도 전혀 없었다.

나는 확실히 파리에서 가장 엄격한 원칙을 가진 창녀였다. 그리고 그런 원칙들 때문에 마음의 평온과 건강을 유지할 수 있었다. 때로는 육신의 안락함과 비슷한 기분이 온몸을 감싸오는 것을 느낄 때도 있었다. 공원에서 산책할 때 특히 그런 기분을 강하게 느꼈다. 그럴 때면 내 삶이 내게 맞는 완벽한 방식으로 돌아가고 있다는 생각이 들었다.

독서도 기쁨의 또 다른 근원이었다. 독서는 언제나 나를 기쁘게 했다. 책은 나를 야만에서 구해 주었다.

반면 섹스는 내게 전혀 영향을 미치지 않았다. 시간이 가면서 섹스의 빈도가 희박해졌지만 나는 개의치 않았다. 영화가 마음에 들지 않으면 영화관을 떠나면 되었다. 그렇게 나 자신을 '부재하도록' 만들었다. 나는 정신을 육체의 느낌에서 분리하는 능력을 갖고 있었다. 그것은 내가 어린 시절부터 갈고 닦아 온 소중한 재능이었다. 사건에 대한 날카로운 지각은 역설적인 방법으로 그 사건에서 나를 해방시켜 주었다. 그렇다고 내가 무기력하다는 뜻은 아니다. 나는 그런 것과는 거리가 멀다. 때때로 나는 프로페셔널리즘을 가장하여 내 역할을 끝까지 수행했다.

나의 첫 고객은 아키로라는 남자였다. 1980년대에 프랑스로 이주해 온 일본 식당 주인인 그는 '헥사곤'의 스시 요리 개척자였고, 미니멀리즘 아티스트인 프랑스 남자와 사귀고 있었다.

당시 나는 파리에 도착한 지 몇 주 되었고, 북역 주변에 있는 비위생적인 호텔에 살고 있었다. 에덴 호텔. 나는 아버지와 격한 말다툼을 한 뒤 내가 태어난 고장을 급히 떠나 왔기 때문에 아무것도 가진 것이 없었다. 열일곱 살이라는 나이와 사람들이 우아하다고 말하는 외모 말고는.

나는 파리가 가능성의 도시라고 생각했다. 나는 최악의 일과 최상의 일을 모두 기대하고 있었다. 나는 극단적인 감정, 마음을 찢어 놓는 열정, 모든 것을 휩쓸어 버리는 고통을 기대했다. 그때까지 내가 자라면서 살아온 진부한 삶이 아닌 진짜 삶을 원했다. 다분히 청소년다웠던 나의 마음은 성공을 확신하며 부풀어 올랐다. 파리에 오자마자 나는 북역의 한 맥주홀에 웨이트리스로 취직했다. 열두 살 때부터 아버지가 경영하는 식당에서 규칙적으로 웨이트리스로 일했다는, 머릿속에 미리 외워 둔 스토리를 반복한 덕분에 어렵지 않게 일자리를 구할 수 있었지만, 그것은 내가 그 무엇보다도 혐오하는 일이었다.

밤이 되면, 내가 묵고 있는 호텔 복도에는 창녀들이 손님들과 이야기하는 소리와 발소리가 울려 퍼졌다. 나는 침대에 누워 그 소리를 들었다. 때로는 옆방에서 새어 나온 쾌락의 신음이 내 귀까지 들려오기도 했다. 신음, 한숨, 반복되는 섹스의 충격……. 호텔방의 어둠 속에서 매춘은 하나의 가능성으로, 고려할 만한 선택으로 내 앞에 모습을 드러냈다.

나는 미묘한 그 직업의 세계로 나를 인도해 줄 만한 여자애 하나를 골랐다. 나는 역의 맥주홀에서 야간근무를 한 다음 날 아침 매우 이른 시각에 그 여자 애와 마주쳤다. 나는 그 여자 애와 이야기를 나눠 보기로 마음먹었고, 우리는 빠르게 친구가 되었다. 로즈는 외로운 아이였고, 그 애 집에서 함께 시간을 보내면 즐거웠다. 로즈가 사랑했던 남자는 십 년 전에 그 애를 거리로 내몰았고, 그가 체포되자 로즈는 구역을 바꾸고 해방되었다. 로즈는 두려워하며 해방된 낮 시간을 보냈고, 성큼성큼 앞으로 나아갔다. 그날부터 로즈는 다른 곳에서 삶을 다시 시작하기 위해 충분히 저축하기로 마음먹었다. 로즈는 가장 중요한 것을 내게 가르쳐 주었다. 로즈는 또한 창녀 일을 하려는 나를 단념시키려고 노력했다. 그러나 헛일이었다. 내 결심은 이미 확고했다.

나는 좋은 학생으로서 로즈의 수많은 충고들을 마음속에 새긴 뒤 어느 날 저녁 맥주홀로 일하러 가지 않고 로즈와 함께 에덴 호텔 앞 거리에 섰다. 마침 로즈와 나는 키가 거의 비슷하고 몸무게도 같아서, 로즈가 나에게 자기 옷을 빌려 주었다. 미니스커트, 하늘하늘한 윗옷, 스타킹, 그리고 한 쌍의 스타킹 벨트. 스타킹 벨트는 내 다리를 지독하게 옥죄었다. 내 넓적다리 둘레가 로즈보다 굵어서 그런 것 같았다. 나는 끔찍스럽게도 서투르다고 느끼며 로즈 옆에 서 있었다.

그런 한편, 평소 내가 입는 옷과는 너무나 다른, 로즈가 빌려준 장비들로 몸을 감싸고 있으니 보호받고 있는 느낌도 들었다. 청소년과 성인 중간에 위치한, 열일곱 살이라는 나이를 잊게 하는 옷.

맞은편 인도 위에 있던 아키로는 처음엔 로즈를 찍었다. 하지만 길을 건너 우리 쪽으로 오더니 나를 선택했다. 로즈는 조언을 몇 마디 해주고 멀어져 갔다.

"저 남자 내가 아는 사람이야. 괴팍하지만 그렇게 심한 수준은 아니야. 그가 마음대로 하게 내버려 둬. 널 귀찮게 하지는 않을 거야."

나는 로즈에게 더 자세한 것을 묻고 싶었지만, 아키로가 벌써 내 코앞에 와 있었다.

"얼마지?"

그는 매우 튀는 억양으로 말을 했고 꽤 뚱뚱한 편이었다. 나는 즉시 〈세브린느〉(원제는 Belle de jour. 카트린 드뇌브가 주연을 맡고 루이스 부누엘이 감독한 1967년작 영화. 의사 남편과의 무료한 성

관계 대신 짜릿한 성적 환상을 갈망하던 여주인공이 낮에는 매춘부로, 밤에는 정숙한 아내로 이중생활을 하는 이야기. 이 영화 속에도 뚱뚱한 아시아 남자가 고객으로 등장한다.—옮긴이)를 떠올렸다.

"이백이에요. 방값까지 합쳐서요."

요금이 적당한 듯했고, 우리는 합의를 봤다. 아키로와 나는 호텔 접수계 쪽으로 걸어갔다. 야간 당직을 서고 있던, 평소 내가 맥주홀에서 일을 마치고 돌아오면 함께 문학에 대해 이야기를 나누곤 했던 마음씨 좋은 청년은 내가 일본인 남자와 함께 온 것을 보자 놀라움을 감추지 못했다. 절대 모든 것을 뒤섞지 말라는, 로즈가 가르쳐 준 황금률에 따라 나는 그에게 내 방이 아닌 다른 방을 부탁했다. 샤워실이 딸린 것으로……

"비데도."

아키로가 덧붙였다.

다행히 그런 것이 정도 이상으로 나를 혼란스럽게 하지는 않았다. 방에 도착할 때까지 내가 걱정한 것, 내 머릿속을 꽉 채우고 있던 유일한 것은 아키로의 몸무게를 어떻게 감당할 것인가 하는 것이었다. 파리에 오기 전에 나는 남자친구를 두 번 사귀었는데, 둘 다 꽤 마른 체격이었다. 아키로 같은 체격의 남자와 섹스를 한다고 생각하니 엄청 불안했다. 나처럼 젊은, 나처럼 경험 없는 여자 애가 충분히 할 만한 우스꽝스러운 고민이었다.

22호실은 내 방과 마찬가지로 별 볼일 없긴 했지만 크기는 훨씬 컸다. 바닥에 깔린 어두운 색깔의 양탄자, 매트리스가 꺼진 2인용 침대, 하나같이 볼품없고 먼지투성이인 조명 컬렉션. 일단 방 안에 들어가자 나는 곧바로 아키로에게 어떤 순서로 할지 정하자고 했다. 그는 별문제 없다는 태도로 허리를 굽히며 내게 시폐를 내밀었다. 나는 조금 당황스러워 감사의 말 비슷한 것을 재빠르게 입 속으로 웅얼거린 뒤 그에게 받은 돈을 로즈가 이런 경우를 대비해 빌려 준 핸드백 속에 잘 넣어 두었다. 어떻게든 대화를 이어 가야 했다. 나는 내 몸을 만지기 전에 간단히 씻고 오라는 말을 어떻게 꺼내야 할지 몰라 그를 마주 보며 방 한가운데에 우두커니 서 있었다. 내가 당황한 것을 알아차리고 아키로가 친절한 얼굴로 미소를 지었다.

"처음이야?"

나는 고개를 끄덕여 그렇다고 했다. 그 사실이 그를 황홀하게 만든 듯했다. 그는 손을 내밀어 목욕탕 쪽을 가리키면서, 나더러 먼저 저 방(정확하게 말하면 샤워실)으로 들어가라고 권했다. 샤워실 안에는 샤워부스, 세면대가 있었고, 그 둘 사이에는 비데가 붙어 있었다.

일본 남자는 줄곧 싱글거리며 주도권을 잡아 갔다.

"옷 벗어."

나는 조금 안도감을 느끼며 서둘러 스타킹 벨트를 벗어 내렸다. 스타킹 벨트의 레이스 고무줄 때문에 하얀 내 넓적다리에 분홍빛 자국이 나 있었다. 나는 나머지 것들도 모두 벗었다. 아키로는 그의 앞에 드러난 내 몸 여기저기에 시선을 던지면서 내 서툰 스트립쇼를 꼼꼼하고 주의 깊게 지켜보았다. 그리고 탐욕스러운 눈빛으로 다음 단계를 기다렸다.

내가 완전히 벌거벗자, 그는 천천히 내게 다가오더니 무릎을 꿇었다. 그의 얼굴이 내 성기 몇 센티미터 앞에 있었다. 그는 매우 섬세한 몸짓으로 내 몸 내부를 주시하면서 음순 사이에 손가락을 넣고 벌렸다. 그는 매혹되고 명상하는 듯한 태도로 그렇게 몇 분을 있었다. 그의 눈은 열린 내 성기 속의 아주 작은 부분까지 지치지도 않고 탐색했다. 잠시 후, 그는 다시 미소를 띠면서 집중 상태에서 벗어났다. 그는 나에게 비데 위에 앉으라고 했다. 파엔차 도기의 차가운 감촉 때문에 나는 소스라쳤다.

"씻어."

아키로는 라벤더 향이 나는 조그만 비누를 내게 내밀었다. 조금 놀랍고 당황스러웠다. 나는 그가 단순히 위생을 신경 쓰느라 그러는 걸 거라고 생각했다. 계속 무릎을 꿇은 채 내 성기에서 눈을 떼지 않고 있던 아키로가 천천히 바지 지퍼를 내리더니 발기한 페니스를 꺼냈다. 그러고는 절망적인 헐떡임을 뱉어 내며 마스터베이션을 하기 시작했다.

내가 성기를 헹구고 비눗기가 다 없어져서 내 몸이 다시 분홍빛으로 빛날 즈음, 그는 오르가슴에 다다랐다.

남자가 비좁은 샤워실의 타일 바닥에 무릎을 꿇고 고개를 뒤로 젖힌 채 방금 스스로 부여한 쾌락으로 녹초가 되어 가는 광경을 지켜보는 것은 엄청난 일이었다. 그는 일이 분 만에 다시 정신을 차리더니 힘겹게 몸을 일으켰다. 나는 그가 새로운 지시를 내릴 것이라고 생각하며 움직이지 않고 가만히 있었다. 그러나 기대와는 반대로 그는 예의 바르게 허리를 굽히고는 샤워실에서 나가더니 방 밖으로 사라져 버렸다. 나는 내 자세가 우스꽝스럽다는 것도 의식하지 못한 채 어리둥절한 기분으로 그곳에 서 있었다.

그날 밤, 나는 다시 거리로 내려가지 않았다. 나는 내 방으로 돌아가 곰곰이 생각에 잠겼다. 나는 마음속 깊숙이 잠수했고, 결론은 아주 간단한 두 개의 문답으로 요약되었다. 나는 두려웠던가? 아니다. 계속 할 것인가? 그렇다.

나는 모든 손님이 아키로 같지는 않을 것이라는 사실을 짐작할 수 있었다. 좀더 어려운 경우가 있을 것이라는 것도. 혐오감을 극복해야 할 순간이었다. 그때 나는 내 몫의 어둠을

탐험하는 데 온통 정신이 팔려 있었다. 깊은 곳에 대한 도취.

다음날, 나는 내 사이즈에 맞는 가터벨트를 샀다.

5

내가 처음으로 그 그림을 본 것은 아마 '낭독' 사건 이후 이 주가 흐른 뒤일 것이다. 어느 아침이었다. 나는 공원에서 한 시간 좀 넘게 책을 읽다 나온 참이었다. 아파트로는 돌아가고 싶지 않았다. 대기가 너무나 감미로웠다.

빌레트 거리에 화랑이 하나 있었다. 나는 이따금 그 화랑 앞에서 발길을 멈추곤 했다. 그 화랑은 벨빌(파리 20구에 있는 동네 이름. 외국에서 온 이주민, 가난한 예술가들이 주로 산다.—옮긴이) 예술가들의 작품을 전시하고 있었다. 사실 나는 그 화랑의 문턱을 넘어 본 적이 한 번도 없었다. 전시된 다양한 예술 작품 앞에서 열등감으로 인한 콤플렉스를 느꼈기 때문이다. 콤플렉스는 작품들에 대해 내가 갖고 있는 관심과 매혹에 비례했다. 나 자신의 결함에 대한 비타협적인 태도가 나로 하여금 멀리서 조용히 바라보게 만들었던 것이다.

하지만 그날은 그림 하나가 유독 내 시선을 끌었다. 그 그림은 화랑의 진열창에 다른 그림들과 함께 전시되어 있었는데, 그 그림을 보자마자 그것이 나를 위한 것이라는 다소 유치한 확신이 마음속에 둥지를 틀었다.

캔버스 속에는 한 여자가 바 카운터에 팔꿈치를 괴고 앉아 있었다. 지루한 두 눈은 앞에 놓인 포도주 잔을 향하고 있었다. 공허한 시선이었다. 그녀 주변에 있는 인물들은 스케치만 되어 있는 상태였다. 얼굴 없는 군중.

나는 마치 왜곡된 거울 앞에 있는 것처럼 그 그림 앞에 서 있었다. 나는 거기서 나 자신의, 아니, '밤의 클라라'의 일부를 보았다. 미지의 타인들과 뒤섞인. 그림 속 여자의 머리카락은 내 머리카락처럼 긴 갈색이었고, 그녀도 나처럼 고독했다. 특히 눈빛이 똑같았다. 틀림없었다. 그 여자는 긴 진홍빛 원피스를 입고 있었다. 여름 원피스였다. 그녀의 입술은 내 입술보다 조금 두툼했지만 빛깔은 같았다. 저 입술에 떠오른 미소는 기쁨일까 아니면 괴로움일까?

그 그림 앞에 얼마나 오래 머물러 있었는지는 잘 모르겠다. 의무감과 시간표가 나를 현실로 데려왔다. 나는 그 이상한 유사성이 유발한 동요를 내 안에 간직한 채 아파트로 다시 걸음을 옮겼다. 내가 행복하고 연약하다는 느낌이 들었다.

사람들이 예술가에게 늘 고마워하지는 않아요. 그들이 주는 것을 취하고, 그런 다음엔 다른 데로 가 버리죠. 나는 당신의 그림을 보았고, 당신에게 고맙다고 말하고 싶었어요.
나는 그게 당신인지 몰랐어요. 내 이미지가 당신 안에 강렬하게 머물러 있었고, 당신은 그것을 다른 시간에 대한 당신의 추억과 그리움에 섞어서 캔버스 위에 옮겨 놓았군요.
그 행동으로 말미암아, 당신은 내게 세 번째 삶을 열어 주었어요. 다른 두 개의 삶과 같은 선상에 있는. 셋 중에서 가장 정당한. 내 진실과 내 서글픔에 가장 가까운. 붉은 여름 원피스를 입은 삶. 내가 나 자신에게 금지했던, 그리고 나를 숨 막히게 했던, 어딘가에 존재하는 그 진실 때문에 나는 행복했어요. 당신 덕분이에요.

6

십구 시. 나는 여느 저녁때처럼 피레네 역에서 지하철을 기다리고 있었다.

아침에 본 그림 때문이었을까, 아니면 초봄치고는 드물게 온화한 날씨가 파리를 감싸고 있었기 때문일까? 기분이 무척 경쾌했다. 평소와 다른, 태평하고 뭔가에 도취한 듯한 기분이 내 안에서 솟아올라 떠날 줄을 몰랐다.

승객들이 연속적으로 몰려오는 떠들썩한 파도처럼 플랫폼 위로 끊임없이 쏟아져 나오던 것을 나는 기억한다. 그것이 거기서 아무것도 변화시키지 못하던 것도.

나는 또한 한 남자가 열차를 기다리면서 나에게서 시선을 떼지 않던 것도 기억한다. 그래서 내가 무척 재미있어했던 것도.

그는 고집스럽게 허공을 바라보고 있는 내 시선을 붙잡으려고 애쓰다가 군중에 떠밀리는 척하며 천천히 내게 다가왔다. 그의 팔이 내 팔에 닿고, 무겁고 불쾌한 그의 향수 냄새를 내가 맡을 수 있을 만큼 가까이.

열차가 도착한 덕분에 그 시련은 곧 끝이 났다. 열차가 만원이었던 탓에 나의 숭배자는 나와 같은 칸에 타지 못했다. 그는 접근 시도를 포기하고 물러나야 했다.

나는 한 쪽 손에 들고 있던 책을 펼치지 않았다. 내 여행 동료. 나는 그 기쁨의 순간을 좀더 기분 좋은 것으로 만들기 위해 뒤로 미루었다. 땀이 흐르는 뜨뜻한 육체들 사이에 끼어선 채, 나는 열차가 움직이기를 기다렸다.

이십 분 뒤, 나는 지하철에서 내려 책을 스포츠 배낭 안에 넣었다. 따뜻한 기운이 탕플 거리를 그 어느 때보다 흥분된 분위기로 만들고 있었다. 작은 소동이라도 일어났는지 길가에 한 떼의 사람들이 모여 있었다. 나는 빠르게 걸어, 내가 일하는 방이 있는 오래된 건물의 따뜻하고 어슴푸레한 홀에 도착했다. 나는 가능한 한 신중하게 계단을 올라갔다. 나는 내 밤 활동이 유발하는 소음에 대해 불평하는 몇몇 세입자들과 주기적으로 문제를 겪곤 했다. 그중 한 명인 3층에 사는 나이든 청년은 특히 더 공격적이었다. 계단에서 나와 내 손님과 마주치기라도 하면 그는 내게 증오에 찬 눈길을 던졌다. 그 눈길을 보고 있으면 그가 아직도 숫총각이고 나라는 존재는 그에게는 이름 없는 고문일 것이라는 생각이 들었다.

변신하고 난 뒤, 나는 매일 저녁 그렇듯 '루이자네'로 입장했다. 그곳 역시 분위기가 경쾌했다. 바 주인 루이자는 컨디션이 대단히 좋아 보였다. 완벽한 이탈리아 여자의 풍자화 같았다. 그녀는 얼근하게 취한 측근들 앞에서 큰 목소리로 떠들어 대고 있었다.

그녀는 미소로 나를 맞아들이고 카운터 밖으로 몸을 기울여 나를 포옹했다. 토니도 똑같이 했다.

나는 포도주 한 잔을 비우며 그들과 잠시 수다를 떨었다. 그러던 중 그곳 공기 속에서 미세한 어떤 변화가 감지되어 나는 고개를 돌려 뒤를 돌아보았다. 공기분자들을 동요시키고 날카롭게 콕콕 찌르면서 내 목덜미의 오목한 부분에서 움직임을 끝맺는 미세한 파동.

한 남자가 나를 기다리고 있었다. 그는 빙산 같은 파란 두 눈으로 나를 바라보았다. 수척한 얼굴, 짧게 깎은 금발, 가격은 알 수 없지만 말끔한 옷차림. 경쾌했던 내 기분은 이내 납으로 만든 추처럼 무거워졌다.

그는 내 단골손님이 아니었다. 나는 루이자네 가게에서 그 사람을 한 번도 본 적이 없었다. 조용한 외모로도 감춰지지 않는 억눌린 폭력의 기운이 그에게서 스며 나오고 있다. 그가 가까이 다가와 요금이 얼마냐고 물었다. 겉보기와 달리 그는 매우 높은 목소리를 지니고 있었다. 너무나 예상 밖이라 하마

터면 그것 때문에 웃을 뻔했다. 그 남자의 나머지 부분이 나를 불쾌하게 하지 않았다면 그랬을 것이다.

바를 떠나기 직전, 나는 손님이 수상쩍어 보일 때 보내기로 약속해 놓은 신호를 토니에게 보냈다. 그도 맞은편 건물 창문 쪽을 향해 한쪽 눈을 찡긋거렸다. 나는 손님과 문제가 생기는 경우 그에게 신호를 보내기 위해 늘 마음의 준비를 하고 있었다.

함께 방으로 가는 짧은 시간 동안 그 남자는 말을 많이 했다. 그는 자기 친구 하나가 나를 만나러 가라고 추천해 주었다고, 내 명성이 대단하더라고 말했다. 그는 또한 나에게 수많은 질문을 했다. 지금까지 어떻게 살아왔는지, 버릇은 무엇인지 등등. 나는 입술 끝으로 마지못해 대답했다. 우리의 육체가 머지않아 뛰어넘게 될 거리감을 끝까지 유지하면서.

돈을 치르고 행동으로 돌입하는 순간, 그의 수다는 끝이 났다. 그리고 그때부터 그는 욕망을 만족시키는 데 자신의 온 존재와 주의력을 집중했다. 그는 확신에 찬 태도로 내게 행위의 순서를 지정해 주었다. 그는 자신이 원하는 것과 그것을 행하는 방법을 상세히 알고 있었다.

그는 침대에 앉더니 먼저 자기 바지 지퍼를 내리고 자기 성기를 입에 넣어 달라고 했다. 나는 신중하게 일을 시작했다. 이미 발기해 있는 그의 페니스를 꺼내고 혀끝에 콘돔을 올려놓았다. 그런 다음 입술로 콘돔을 풀어 그의 페니스에 끼우고 입 속에 넣었다.

그는 내 머리를 두 손으로 꽉 붙잡고 내가 빠르게, 점점 더 밀착하여 왕복운동을 하게 만들었다. 흥분의 절정에서 갑자기 내게 멈추라고 하더니, 네발짐승의 자세로 침대 위에 엎드리게 했다.

"옷은 그대로 입고 있어."

그는 내 가죽 스커트를 걸어 올리고 내 자세를 바로잡았다. 그런 다음 내 팬티를 급히 끌어내리고 내 몸을 자기 쪽으로 거칠게 끌어당겼다. 나는 이런 일을 기대하지 않았다. 내 손님들은 좀더 타이트한 항문성교를 원할 경우 내게 미리 허락을 구했다.

그의 행위에는 증오심이 담겨 있었다. 그는 자신이 겪은 모욕을 타인에게 되갚기 위해 악의에 가득 차 복수하려는 것 같았다. 허리를 움직일 때마다 몸이 떨려 왔다. 이 낯선 남자가 보여주는 이글대는 분노는 전쟁이나 다름없었다. 그가 일부러 내 반항심을 자극하고 있는 게 아닐까 하는 느낌마저 들었다. 그 남자와 나 사이에는 기묘한 결투가 벌어지고 있었다. 그는 자신의 쾌락을 억제하고, 나는 나 자신이 고갈되어 가는 느낌과 타는 듯한 느낌을 추상화하고 있었다.

먼저 항복한 것은 그였다. 그는 쉰 목소리로 울부짖었다. 그 소리는 적의 칼에 찔려 전쟁터 한가운데서 쓰러지는 전사의 울부짖음 같았다.

그는 침대에 등을 대고 눕더니 눈을 감고 짧은 헐떡임을 뱉어 냈다. 그 동안 나는 팬티를 다시 끌어올리고 침대 가장자리에 앉아 무릎 근처가 찢어진 스타킹 한 쪽을 갈아 신었다. 그가 어서 갔으면 싶었다.

"이제 당신 감정을 다 토해 냈나요. 삼십 분이 다 됐네요."

그가 눈을 뜨더니, 만족스러우면서도 우스꽝스럽게 보이는 미소를 흘리며 나를 바라보았다.

"내 친구 말이 옳았군. 당신은 완벽해."

나는 그의 칭찬에 대꾸하지 않았다. 스타킹을 다 갈아 신은 뒤 일어나서 화장을 고치기 위해 거울 앞으로 갔다. 그가 같은 공간 안에 있어서 조금 신경질이 났다. 그의 웃음, 그의 시선, 그에게 속한 모든 것이 내게는 혐오스럽기만 했다.

그가 마침내 일어나 성기와 삐져나온 셔츠 자락을 바지 안으로 집어넣은 뒤 입고 있던 재킷의 주름을 펴려고 애썼다. 하지만 별 소용없는 짓이었다. 그가 다가와 내 뒤에 섰다. 나는 그와 얼굴을 마주하기 싫어서 거울 속으로 그를 바라보았다. 나 자신을 지키기 위해, 여차하면 토니에게 신호를 보내러 창문 쪽으로 달려가기 위해 그의 사소한 행동도 놓치지 않고 지켜보았다.

"우린 분명히 다시 만나게 될 거요. 내 생각에 나는 당신과 잘……"

그가 다정함을 가장한 미소를 입가에 흘리며 내 머리카락을 부드럽게 어루만졌다. 나를 바라보는 그의 눈동자는 사악하면서도 투명했다.

마침내 그가 방을 떠나자, 내 입에서는 안도의 한숨이 새어
나왔다. 나는 몸 구석구석을 깨끗하게 꼼꼼히 씻고 싶은 기분
이 들어서 처음으로 다음 손님을 맞기 전에 그 층에 있는 공
동 샤워실로 갔다. 몸에 물을 맞으니 행복감이 느껴졌다. 그
낯선 남자의 존재감이 내 몸에 아직도 남아 있는 것 같아 기
분이 썩 좋지 않았다. 그의 정액, 내 엉덩이에 남은 그의 흔적.
입 안에 남은 씁쓸한 맛. 그것들은 잿빛 거품이 소용돌이치며
흐르는 파리의 하수구를 향해 나를 끌고 가는 듯했다. 하지만
내 밤은 계속되어야 했다.

7

　다음날 나는 평소와 같은 시간에 일어났지만 몸이 몹시 무거웠다. 덧창을 열자 찌르는 듯 심한 두통 때문에 머리가 깨질 듯 아파져 왔다. 창문 가장자리로 흘러내리는 빗소리가 마치 고문처럼 느껴졌다. 나를 둘러싼 모든 것이 참기 어려웠고, 사소한 행동 하나하나도 괴롭게만 느껴졌다. 나는 아침 운동을 생략하고 곧바로 아침 식사를 하기로 했다. 시간을 끌면서 천천히 먹다 보면 무리 없이 현실적인 일상생활을 시작할 수 있을 터였다. 나는 라디오를 켰다. 줄줄이 쏟아져 나오는 정보들이 세상에서 일어나는 뉴스들을 내게 제공했고, 나는 바깥의 삶과 그것이 주는 속박에 나 자신을 다시 비끄러맬 수 있었다.

그날 아침 나는 반드시 서점에 들러야만 했다. 나는 짧은 독서를 하기 위해 집을 나섰다. 책 없이 지하철을 탄다는 것은 생각만 해도 견디기 힘들었다. 비가 오고 있는 탓에 뷔트 쇼몽 공원에 들어가 앉을 수 없을 것 같아, 곧바로 서점으로 향했다.

삼십 분 뒤 서점에서 나오니 비가 그쳐 있었다. 나는 한시라도 빨리 새로운 책을 읽는 기쁨에 빠지고 싶은 마음에 발걸음을 서둘렀다. 하지만 그 그림이 눈에 들어오자 가던 발걸음을 멈출 수밖에 없었다. 그 그림은 뭔가를 기다리는 것처럼 여전히 진열창에 전시되어 있었다. 아마도 나를 기다리는 듯했다. 그 순간 내 안에 그런 느낌이 꿈틀거렸다. 욕망과도 같은 어떤 것이 느껴졌다. 난생처음 화랑의 문턱을 넘고 싶다는 내 존재의 욕망.

나는 나와 화랑 사이에 가로놓인 길을 건너려고 했다. 그

때, 한 남자가 화랑 안으로 들어갔다. 중키에 갈색 피부의 남자. 즈크 천으로 만든 바지를 입고, 구멍 나고 물감 얼룩이 묻은 블루마린 색의 낡은 스웨터를 입고 있었다. 팔 밑에는 커다란 판형의 캔버스를 끼고 있었는데, 내 눈에는 캔버스의 뒷면밖에 안 보였다. 나는 한눈에 그를 알아보지는 못했다. 그가 화랑 주인과 악수한 뒤 가볍게 고개를 돌려 진열창 쪽을 바라본 뒤에야 그라는 것을 알 수 있었다. 편지 '낭독' 사건, 바로 그 남자였다. 그가 거기 있었다. 나에게서 불과 십여 미터 떨어진 곳에. 그 순간 '밤의 클라라'가 '낮의 클라라'의 삶 속에 돌발적으로 침입해 들어왔다. 급작스럽고 통제할 수 없는 방식으로. 늘 평행을 이루는 두 개의 직선이기를 바라 온 그 두 개의 삶이 서로 교차하고 있었다. 물꼬가 터져 버렸다.

나는 두려움으로 마비된 채 인도 위에 가만히 서 있었다. 어떻게 해야 할지 전혀 알 수 없었다. 그저 계속해서 그들을 바라보고만 있었다. 그들의 몸짓을 통해 그들이 진열창에 전시된 그림에 대해 이야기하고 있다는 것을 알 수 있었다. '낭독' 사건의 남자가 가지고 온 캔버스를 화랑 주인에게 보여주었다. 화랑 주인은 시간을 들여 그 그림을 꼼꼼하게, 열심히 관찰했다. 가까이서 보기도 하고, 멀리 떨어져서 보기도 하고, 미간에 주름을 잡기도 하더니, 마침내 고개를 끄덕여 동의를 표했다. 그 후에도 몇 마디의 말이 더 오갔고, 마침내 '낭독' 사건의 남자는 화랑에서 나왔다. 그가 나를 볼 수도 있다는 생각에 무서워진 나는 뒤로 돌아서서 몇 미터 떨어져 있는 잡지 판매대 쪽으로 갔다. 나는 침착함을 되찾기 위해 파리의 구경거리들을 다루고 있는 안내서 한 권을 산 뒤 몇 분 동안 기다렸다. 영원히 끝나지 않을 것처럼 느껴지는 몇 분이었다. 다시 돌아섰을 때, 그는 사라지고 없었다. 이상하게도 안도감과 실망감이 동시에 느껴졌다. 나는 두 손에 안내서를 쥔 나 자신이 우스꽝스럽게 느껴졌다. 평소에는 일하러 갈 때만 책에서 고개를 드는 내가 말이다.

나는 내 삶의 지금 이 오 분 동안 무엇을 해야 할 것인지, 나 자신에게 질문하면서 결정을 내리지 못하고 몇 분을 망설였고, 마침내 나와 화랑 사이를 가로막고 있는 길을 건너 화랑 문턱을 넘었다. 막상 안으로 들어가니 마음이 지독하게 불편했다. 내가 상상했던 것 이상이었다.

화랑 주인이 즉시 상업적인 미소를 활짝 띤 채 내게 다가와 무엇을 도와 드리면 되겠느냐고 물었다. 그는 호감을 주는 청년이었고 나이는 서른 살쯤 되어 보였다. 그의 가장된 느긋함과 확신에 찬 태도 뒤에는 어떻게든 잘해서 스스로를 애처롭게 보이고 나를 안심시키려는 욕구가 엿보였다.

"그냥 구경하는 거예요. 고맙습니다."

내 거북함을 이해했는지는 알 수 없었지만, 그는 더 이상 말을 시키지 않고 책상 앞에 가서 앉더니 연속적으로 전화 몇 통화를 했다. 그가 그렇게 일에 몰두하고 있는 모습을 보니 안심이 되었다. 화랑은 크지는 않았지만 다양한 스타일과 색채의 그림들을 구비하고 있었다. 나는 겉치레로 얼른 한 바퀴 돌아본 뒤 내가 그 장소에 와 있는 진짜 목적으로 재빨리 눈길을 돌렸다.

내 눈과 그 그림 사이에는 이제 유리창이 없었다. 갑작스럽게 그 그림을 가까이서 보게 되니 감동이 되어 눈물이 흘렀다. 그림 표면의 울퉁불퉁한 입체감 때문에 여자의 존재가 굉장히 현실감 있게 보였다. 관능적이면서도 상처받기 쉽게 보였다. 나와의 유사성으로 말하자면, 가까이서 보니 훨씬 더 충격적이었다. 그런 생각과 느낌에 사로잡힌 나는 화랑 주인이 전화 통화를 다 끝낸 것도 알아차리지 못했다. 안타깝게도 그의 목소리가 나를 다시 현실로 이끌었다.

"저희는 이 거리 예술가들의 작품만 전시하고 있죠."

내가 입을 다문 채 그 그림에 시선을 고정하고 있는 것을 보고 그는 전략을 바꿔 내 주의를 온통 집중시키고 있는 그 그림에 대해 이야기하기 시작했다.

"그 그림에 관심이 있으신가 보군요?"

"그림에 대해 별로 알진 못하지만, 저 여자가 무척 마음에 들어요. 누가 그린 거죠?"

나는 그 그림에서 눈을 떼지 않은 채 물었다.

"다니엘 레보비츠요. 그 사람의 작업실이 바로 이 근처에 있어요. 재능이 많은 화가죠. 성격도 흥미롭고요."

나는 그 화가의 이름을 머릿속에서 되뇌었다. 그 이름은 그를 일하는 방에서 보았던 얼굴 없는 형상에서 살아 숨쉬는 존재로 바꾸어 놓았다.

"……요즘 그 화가가 컨디션이 좋은 편이에요. 그래서 일도 많이 하고요. 조금 아까, 당신이 들어오기 직전에 그가 새 그림을 가져왔습니다."

나는 그 그림에 대해서는 미처 생각하지 못하고 있었다. 진열창에 있는 그림에 너무 정신이 팔려 새 그림은 찾아볼 생각조차 못 했던 것이다. 젊은 남자는 책상에서 일어나 바닥에 놓여 있던 캔버스를 집어 들고는 한동안 내 눈높이에 맞춰 들고 있었다.

"괜찮죠? 그렇지 않습니까? 미처 진열할 시간도 없었네요."

역시 똑같은 여자였다. 그리고 역시 나를 닮아 있었다. 여자는 벌거벗은 채 평온한 태도로 자줏빛 긴 소파 위에 누워 있었고 그녀 주변에는 강렬한 색채의 불확실한 선들이 그어져 있었다. 여자의 표정은 침착했다. 고요하고 범접할 수 없는 분위기가 풍겼다.

화랑 주인은 그림을 다시 내려놓고 나를 바라보았다. 방금 그가 나에게 보여 준 그림에 대한 내 평가나 의견을 기다리는 듯했다. 나는 어쩔 수 없어서, 그리고 내 감정에서 그만 빠져나오기 위해 진열창에 진열되어 있는 그림의 가격을 물었다.

그는 조금 놀란 표정으로 책상으로 다시 돌아가더니 카탈로그를 펼쳐 그림 값을 확인했다.

"오백 유로입니다."

그가 고개를 들면서 말했다.

"제가 사겠어요."

나는 그가 제시한 가격의 적정함에 대해 나 자신에게 아무런 질문도 제기하지 않았다. 나는 그 그림을 원했다. 그게 다였다.

"삼 주 후에 저희가 파티를 엽니다."

그가 그림을 포장하며 말했다.

"이 화랑에 그림을 전시하고 있는 화가들이 참석할 거예요. 이따금씩 그런 행사를 개최하죠. 손님들이 화가들을 만나고 궁금한 것을 질문할 수 있도록요. 참가비는 없고 누구든 참여

할 수 있습니다. 다니엘도 올 거예요. 그는 사교적인 성격은 아니지만 온다고 약속했어요. 혹시 그를 만나 보고 싶으시면……."

그는 나에게 파티 날짜와 시간이 적힌 팸플릿을 내밀었다. 나는 그에게 고맙다고 말한 뒤 포장된 그림을 조심스럽게 받아 들고 화랑을 나왔다.

나는 팸플릿을 즉시 인도 위에 버렸고, 아까 읽은 날짜와 시간을 잊어버리려고 노력했다.

8

나는 내 손님들을 두 부류로 분류하고 있었다. '고전파'와 '규격외파'. 내가 새로운 손님과 일하게 될 때면 루이자는 종종 내게 이렇게 묻곤 했다. "고전파야, 아니면 규격외파야?" 그것은 우리 사이의 암호였다.

'고전파'에 속하는 사람들은 전형적인 가부장과[科] 남편들이다.

그들은 대개 그들의 합법적인 배우자가 거부하는 것을 얻기 위해 나를 찾아온다. 나는 그들이 내게서 무엇을 기대하는

지 자세히 알고 있고, 그들을 상대할 때 놀라는 일도 거의 없다. 정기적으로 찾아오는 손님과는 의사소통이 잘 되는 척 연기할 수도 있다. 어떤 손님은 불만스러운 그들의 인생 이야기나 섹스 문제를 자세히 이야기하면서 내게 속내를 털어놓기도 한다.

성적 욕구가 억압되어 번민하는 호모들도 이 부류에 포함된다. 내 손님 중 몇몇은 남창이나 여장 남자를 찾아가기는 싫고, 그렇다고 아내에게 그런 역할을 해달라고 감히 부탁할 수 없어서 결국엔 나를 찾아오곤 한다. 그리고 그들이 생각하고 있는 기기묘묘한 다양한 행위들을 해보도록 도와 달라고 청한다. 자신의 '금지된 욕망'에 대해 매우 명철하게 자각하고 있는 사람들도 있고, 그렇지 못한 사람들도 있다.

'규격외파'와 일을 하게 되면, 어떤 패를 들게 될지 좀더 불확실하다. 섹스에 대한 요구도 때때로 놀랄 만큼 파격적이다. 내 사수였던 로즈는 자기 고유의 분류법에 따라 그들을 '뒤틀린 파'라고 불렀다. 창녀 생활 이십 년 동안 나는 이 바닥에서 일어날 수 있고 상상할 수 있는 모든 일에 대해 호기심을 갖고 검토해 보았다.

때로는 '노'라고 말해야 하는 일도 생겼다. 일반적으로 나나 손님의 삶과 건강을 위험에 빠뜨릴 수 있는 일은 모두 거절했다. 그룹 섹스도 피했다. 그건 너무 위험했다. 나는 절대로 한 번에 두 명 이상 손님을 받지 않았고, '루이자네'에서 손님을 기다리기 시작한 이후로는 항상 지정된 방에서만 일했다.

처음에는 나도 경솔했다. 자동차 안에서 일하기도 하고, 캠핑카 안에서 손님을 받기도 했다. 심지어 어두운 골목길의 끈적이는 아스팔트 위나 쓰레기장에서 일을 치르기도 했다.

하지만 다른 여자들과는 달리 같은 실수를 되풀이해 저지르지 않았다.

1980년대 중반이었지만 몇 번 일을 나간 후 손님들에게 의무적으로 콘돔을 착용하게 한 것도 나 자신의 생존에 대한 천부적인 감각 덕분이었을 것이다.

어떤 여자들은 늦게 감을 잡는다. 또 어떤 여자들은 머리가 좋아서, 손님이 돈을 많이 후려낼 수 있는 마음씨 좋은 봉인지, 곤경에 빠졌을 때 돈을 쓸 준비가 되어 있는지 금방 간파한다.

　로즈는 1988년에 죽었다. 그녀는 죽기 이 년 전에 창녀 일을 그만두고 십오 년 동안 창녀 일을 해서 저축한 돈으로 집을 한 채 사서 크뢰즈에서 살았다. 그녀는 1980년대 초반에 에이즈에 감염되었다. 매스미디어와 대부분의 사람들이 '암에 걸린 게이' 이야기를 하면서 안심하려고 애쓰던 시절이었다. 우리가 처음 만났을 때 로즈는 이미 혈청 양성 반응을 보이고 있었다. 하지만 그녀도 나도 그 사실을 알지 못했다. 나는 내가 처음 일을 나갈 때 로즈가 빌려 준 스타킹 벨트를 벨빌의 내 아파트 서랍장 안에 정성껏 보관해 두었고, 그것을 볼 때마다 가슴이 아팠다.

9

한 가지 사건이 너무나 잘 조직되어 있던 내 삶을 혼란스럽
게 만들었다. 나는 내 단골손님 중 한 명과 함께 있었다. 내가
특별히 애정을 갖고 있는 '규격외파' 손님이었고, 자기 분야
에서 꽤 좋은 평판을 얻고 있는 정신분석가였다. 그는 말하자
면 내 '긴 의자' 위에 눕기 위해 나를 만나러 왔다. 긴 의자란
물론 내 침대를 뜻한다. 내가 M박사라고 부르는 그 손님은 언
제나 같은 방식을 사용했다. 내가 의자에 앉아 그에게 그의
어린 시절, 부모님, 여자들과의 관계 등에 대한 내밀한 질문
들, 한마디로 일상생활과 관련하여 '정신분석가가 물을 만한

모든' 질문을 한다. 그리고 그는 벌거벗은 채 침대에 누워 내 질문을 기다린다. 나는 '나쁜' 또는 '외설스러운' 높은 목소리로 그가 하는 각각의 대답들을 규정짓는다. 그리고 그의 볼기짝에 모진 채찍질을 가한다.

밖에서 사람들의 소란스러운 목소리와 발소리가 났을 때, 우리는 아직 시작 단계였다. 나는 생각의 끈을 놓치지 않고 정신을 집중하려고 절박하게 애쓰고 있는 가여운 M박사의 목소리에 계속 귀를 기울이면서 의자에서 일어나 창가로 갔다.

짭새들이 기습 점검을 하러 '루이자네'로 들어가고 있었다. 바 근처에 주차되어 있는 그들의 자동차 중 한 대가 창문을 통해 보였다. 사복을 입은 경찰 한 명이 자동차 옆에 서서 '루이자네'에 손님으로 온 창녀 두 명의 허가증을 검사하고 있었다.

나는 창문 앞에 오래 머무르지 않았다. 끝내야 할 일이 나를 기다리고 있었고, 내가 자기에게 주의를 집중하지 않자 M박사의 눈빛이 심각해지면서 초조해했기 때문이다.

일을 마친 후 '루이자네'로 가 보니, 바 안은 거의 비어 있었다. 남자 손님 두 명만이 카운터에 팔꿈치를 괴고 앉아 있었다. 토니는 잔뜩 화가 난 얼굴로 더러운 홀 바닥을 바쁘게 쓸고 있었고, 루이자는 멍한 표정으로 유리잔을 닦고 있었다. 내가 말을 걸자 그녀는 소스라치며 놀랐다.

“무슨 일이에요, 루이자? 조금 아까 보니 바 앞에 짭새들이 서 있던데…….”

토니가 우리 쪽으로 다가와 대화에 합세했다. 루이자는 카운터 위에 유리잔과 행주를 올려놓았다.

“누군가가 경찰한테 내가 바 안에 여자들을 불러들여 일을 시키고 있다고 찔렀대.”

그녀의 대답은 나를 동요시켰다. 배에서 시작된 미세한 느낌이 몸 전체로 퍼져 나갔다.

“그럴 만한 사람이 대체 누구죠?”

“잘 모르겠어……. 나는 내일 경찰서에 출두해야 해. 경찰들이 바를 계속 감시할 거야. 그들은 언제든 쳐들어올 수 있어. 아주 작은 잘못이라도 발견되면 그땐 곧장 폐쇄명령이 떨어질 거야.”

토니가 루이자를 진정시키기 위해 그녀의 손을 꼭 붙잡았다. 이 바가 그녀에게 무엇을 의미하는지 나는 잘 알고 있었다. 나는 그녀에게 일어난 일에 대해 깊은 죄의식을 느꼈다.

"나 때문이에요. 이제 여기 그만 올게요."

평소 우리가 토론을 벌이면 한발 물러서서 조용히 듣던 토니가 바통을 이어받았다. 그는 조용한 목소리를 갖고 있었다. 그러나 뜻밖에도 그의 목소리는 사람의 주의를 끌고 집중시켰다. 힘 있고 아름다운 목소리가 공기 속을 가득 채웠다.

"한동안 신중하게 행동하는 걸로 충분해. 경찰들이 지겨워져서 제풀에 다른 일로 관심을 돌릴 때까지."

토니의 개입이 루이자에게 용기를 불어넣어 준 것 같았다. 루이자가 이어서 말했다.

"그래. 일주일, 어쩌면 이 주일……, 언제고 그렇게 되기만 얌전히 기다리면 돼."

그러나 루이자는 내가 다시 길거리를 전전하는 것을 보게 되는 것만큼이나 가게를 잃게 될지 모른다는 사실에도 겁을 먹고 있었다.

자신의 손님들 중 한 사람이 이런 식으로 그녀를 배신했다는 생각 또한 루이자에게는 큰 상처일 터였다. 루이자는 명예를 무엇보다 중시하는 사람이었다. 밤 생활을 하는 사람들 사이의 연대의식. 나는 파란만장한 인생을 살아왔음에도 불구하고 그녀 안에 고스란히 남아 있는 순진함에 늘 놀라곤 했다.

내가 그녀를 포옹하며 작별인사를 할 때 그녀가 나를 찾아오는 손님들에게 이 이야기를 해야 할 것 같으냐고 물었다. 나는 뭐라고 대답해야 할지 알 수 없었다.

"걱정하지 마. 내가 어떻게든 알아서 할 테니까."

당황스러워하는 내 얼굴을 보며 루이자가 말했다.

나는 두 사람을 남겨 두고 바를 나왔다. 토니가 밖으로 나와 나를 불렀을 때, 나는 일하는 방으로 다시 들어가기 위해 막 길을 건너려는 참이었다. 토니가 거의 뛰다시피 빠른 걸음으로 다가와 내 옆에 섰다.

"뭔가 필요하면…… 그게 무엇이든 우리에게 연락해요."

나는 그를 두 팔로 끌어안았다.

"루이자 때문에 걱정이에요."

그가 낮은 목소리로 말했다.

"그만 가 봐야겠어요. 내가 없으면 루이자는 아무것도 못 하거든."

그것은 선의의 거짓말이었다. 그건 토니도 나도 알고 있었다. 루이자의 과거에서 위험천만하고 합법성의 경계에 위치하는 요소들을 찾아내 현재의 사건과 그럴듯한 연관 관계를 만들어 내는 건 너무나 쉬운 일이었다. 의심스러운 만남들, 나쁜 교제들…… 고통스러운 기억을 들추어내는 것은 너무나 쉬웠다. 그것은 수치스러운 일이기도 했다. 결코, 아무도 헤집어 내지 못하도록 깊이 묻어둔 기억들이었다.

우리는 그렇게 아무 말 없이 한동안 서 있었다. 루이자가 카운터에서 우리를 바라보고 있었다. 나는 루이자를 향해 미소를 지어 보였고, 루이자도 답례로 나를 향해 손을 들어 가볍게 흔들면서 미소를 보냈다.

10

　루이자와 토니와 이야기를 나눈 그날, 나는 매우 혼란스러운 밤을 보냈다. 저녁나절에 있었던 사건, 그리고 그때까지의 내 일상에 커다란 여파를 몰고 올 그 사건의 피할 수 없는 결과가 나를 각성시켜서, 나는 첫 여명이 밝아올 때까지 잠을 이룰 수 없었다.

　잠들지 못하고 뒤척이는 그 시간의 대부분을 나는 루이자를 고발한 사람이 누구일까를 생각하며 보냈다. 아무리 생각해 봐도 지금 루이자에게는 적이 없었다. 너무 취해서 밖으로 쫓겨난 것 때문에 원한을 품은 손님일까? 어쩌면 그럴지도 몰랐다. 아니면…… 하지만 루이자는 사람으로 하여금 오랫동안 원한을 품게 만드는 사람이 아니었다.

나는 또한 이 고발의 실질적 타깃이 누구인지 자문해 보았다. 루이자일까 아니면 나일까? 만약 이 폭로의 목적이 바 주인을 위험에 빠뜨리려는 것이라면, 바를 폐쇄시키고 주인을 감옥에 보내려는 의도라면, 나도 무거운 벌을 받을 것은 자명했다.

동쪽 하늘이 희뿌옇게 밝아올 즈음, 명쾌하고 확실한 해결책이 떠올랐다.

루이자가 고발당한 사건에 대한 내 이론의 정당성을 밝히려면 저녁까지 기다려야 했다. 그날 낮은 유난히 길었다. 초조해서 그런지 영원히 끝나지 않을 것처럼 느껴졌다. 독서조차 고된 노동으로 여겨졌다.

마침내 저녁이 되었다. 나는 3구로 가는 지하철을 탔다. 평소 들고 다니는 스포츠 배낭은 메지 않았다.

나는 '관광객'처럼 블롱델 거리의 창녀들 앞을 지나갔다.

그 여자들 중 한 명, '루이자네'에서 나와 이따금 마주쳤던 한 여자가 내 구역도 아닌 곳에 평범한 복장을 하고 나타난 나를 보고 깜짝 놀라 다가와 아는 척을 했다.

"실비아를 찾고 있어. 그 여자 어디에 있는지 알아?"

"손님이랑 같이 방으로 올라가는 걸 봤어요. 본 지 좀 됐는데……, 곧 다시 내려올 거예요. 실비아가 무슨 바보짓이라도 했나요?"

실비아의 평판은 그 정도로 좋지 않았다. 나는 그녀의 질문에 아무 대답도 하지 않았다. 이 사건에 대해 그 여자에게 줄줄이 늘어놓고 싶은 마음은 없었다. 나는 기다려 보기로 했다. 내 존재가 거기 있는 몇몇 여자들을 자극하는 것 같았다. 그 여자들은 자기 영역을 지키려고 혈안이 된 암호랑이들이었다. 여차하면 발톱을 잔뜩 세우고 덤벼들 태세가 되어 있는.

오 분쯤 뒤, 실비아가 손님과 바짝 팔짱을 낀 채 이야기에 열중하며 나타났다. 나는 한동안 그녀를 지켜보았고, 남자가 떠나자 그녀에게 다가갔다.

그녀는 처음엔 깜짝 놀라더니 이내 극도로 흥분된 태도를 보였다. 그녀는 핸드백에서 담배 한 개비를 꺼내더니 떨리는 손가락으로 불을 붙이고는 가능한 한 태연한 척하려고 애쓰며 여기서 뭘 하고 있느냐고 내게 물었다.

"어제 '루이자네'에 기습 점검이 있었어. 당신 알고 있어?"

"글쎄, 아마도…… 여자들이 그렇게 말하는 걸 들었어."

실비아는 내 눈길을 피해 자기 앞을 지나가는 남자들을 바라보았다. 내 존재와 내가 말하고 있는 화제를 애써 무시하려는 듯 일부러 무관심한 태도를 취했다.

충격을 좀 줘야 할 것 같아, 나는 젖 먹던 힘을 그러모아 실비아의 팔뚝을 세게 붙잡았다. 실비아가 입에 물고 있던 담배가 인도 위로 떨어졌다. 나는 그녀를 몇몇 창녀들이 일터로 쓰기도 하는, 사람이 거의 없는 좁은 골목길로 끌고 갔다.

실비아는 뭐라고 중얼거리며 저항했지만, 크게 발버둥치지는 않았다. 그리 놀랄 일도 아니었다. 그녀 같은 부류는 다루기 쉬운 족속이니까. 체념하고 벌을 받기만을 기다리는 사람들. 흔히 말하듯 '악하다기보다는 교활한' 족속들.

"당신이 '루이자네'에 짭새들을 보냈어?"

"당신이 무슨 말을 하는 건지 모르겠어. 난 '루이자네'에 아무도 보내지 않았어."

나는 루이자의 팔뚝을 잡은 손에 더욱 힘을 준 뒤 팔뚝을 꼬아 그녀의 등 뒤에 세게 갖다 붙였다. 경찰들이 그렇게 하는 것을 몇 번 본 적이 있었다. 나는 실비아가 견디기 힘들도록, 그래서 말을 잘 듣도록 만들었다. 실비아는 고통으로 얼굴을 잔뜩 찌푸리며 자유로운 다른 쪽 손으로 나를 밀어내려 했지만 허사였다. 화가 머리끝까지 치솟았고, 시간이 갈수록 그 강도도 점점 더 세졌다. 그에 비례하여 내 힘과 고집도 열 배는 더 커지는 것 같았다. 나는 실비아를 담벼락에 밀어붙였다. 그녀의 얼굴이 지저분하고 우툴두툴한 담벼락에 짓눌렸다.

"요전 날 루이자와 토니가 당신을 바에서 내쫓은 걸 알고 있어. 내가 그 가게에서 손님을 끌어서 당신이 싫어했던 것도 알고 있고. 그리고 당신은 복수를 마음먹을 만큼 충분히 꼬인 여자지. 그러니까 짭새들에게 무슨 말이든 찌를 수 있겠지."

나는 실비아의 귀에 대고 말했다. 땀이 그녀의 금발 가발 아래로 시큼한 냄새를 풍기며 흘러내렸다. 그녀의 스트레스와 두려움이 커지는 것을 느낄 수 있었다.

"내가 짭새들에게 찌른 게 아니야! 맹세해! 내가 아니라 다른 사람이라고……."

"누구?"

실비아는 오랫동안 잠가 놓은 댐의 수문에서 방출되는 물처럼 급히 이야기를 쏟아 내기 시작했다.

"뱀장어가 새로운 기둥서방을 고용했어. 정말이지 또라이 같은 녀석이야. 그 사람이 뱀장어를 대신해 이 거리 일을 맡게 됐어. 그 사람은 단 일 초도 우리를 편안히 놔두지 않아. 그 사람은 저기 있어. 저기서 우리를 감시하지. 수입도 관리하고…… 마음에 들지 않는 애가 있으면 두들겨 패기도 해. 그 사람은 도무지 이해하려고 들질 않아. 지난주에도 바보짓을 했다는 이유로 여자 애 하나를 망가뜨려 놨어……. 오 유로짜리 정보야."

여자 두세 명이 우리가 골목 안에 있는 것을 보고 한 번씩 다가와 곁눈질로 힐끔힐끔 살폈다. 그 여자들이 점점 가까이

다가오자, 나는 로제 씨의 그 새 '청소부'가 오기 전에 가능한 한 빨리 심문을 끝내고 싶었다.

"그 사람이 루이자와 무슨 관련이 있지?"

"난 화가 났었어……. 그래서 루이자네 바에서 언쟁을 한 뒤에 디미트리를 만나러 갔지."

"그게 그 녀석 이름이야?"

"그래……. 내가 그 사람에게 루이자와 너에 대해 이야기했어. 너희 두 사람 사이의 협정에 대해서도. 그때 그는 아무 말도 안 했어. 나는 그가 언젠가 너를 만나러 갈 거라고 생각했지. 하지만 그 사람이 짭새들에게 찌르지는 않았을 텐데……."

"그 디미트리라는 사람 어떻게 생겼어?"

"금발에 키가 크고 무척 말랐어. 항상 옷을 잘 차려입고, 목소리는 꼭 카스트라토……."

빙산처럼 파란 눈과 찌르는 듯한 높은 목소리의 그 남자가 내 삶 속으로 다시 들어왔다. 디미트리라는 그 남자는 곧바로 짭새들에게 찌르거나 사람을 시켜 찌르게 하는 것에 만족하

지 않았던 것이다. 그는 그 '상행위'를 직접 시험해 보는 수고
를 무릅썼다. 그는 단순히 루이자와 내가 맺은 협정을 벌하려
한 것이 아니라, 뱀장어가 데리고 있는 창녀들 무리에 나를
끌어들이려고 계획한 것이 틀림없었다. 그는 그런 식으로 자
신의 영역 한복판에서 독립적으로 돈을 버는 한 창녀에게 엄
청 너그러운 포주의 아량을 보여 준 것이다.

　나는 실비아를 놓아준 뒤 경멸하는 태도로 그녀에게서 몸
을 돌렸다. 내가 골목길 모퉁이로 막 사라지려는 순간 들려온
그녀의 목소리가 내 발걸음을 멈추게 했다.
　"당신은 절대 우리보다 낫지 않아, 클라라! 당신 생각은 어
때?"
　다른 여자들이 자기들 앞을 지나가는 나를 쳐다보았다. 다
들 아무 말이 없었다. 그 여자들은 무자비한 배심원들처럼 나
를 말없이 판단했다. 나 자신이 낯설게 느껴졌다. 지금까지
늘 그랬듯이.

11

독립적인 창녀로 일한다는 것은 내게는 선택의 여지가 없는 자명한 것이었다. 나는 내 깊은 본성의 흔적을 따라가는 것에 만족했다. 내 본성은 언제나 나를 고독과 모든 종류의 지배에 대한 거부로 이끌었다.

나는 내가 자라 온 환경 속에 존재하는 진부함과 파괴적인 사랑을 지닌 아버지의 권위를 거부하는 외로운 아이였다. 그리고 마침내 거리의 여자들과의 우정이나 포주들의 압제를 피하고 싶어하는 한 명의 창녀가 되었다.

스스로를 이해하지 못한 채, 나는 똑같은 스토리를 반복했다. 어린 시절에 그랬듯이, 여기서도 나는 부재했다. 늘 회피했고, 늘 다른 곳에 있었다.

이런 자유로운 위치는 창녀들 사이의 규칙에 위배되는 것이었고, 많은 사람들을 자극했다. 이미 몇몇 여자들의 질투와 그 여자들의 보호자의 폭력에 부딪힌 적이 있었다.

오 년 전, 그들에게 굴복하지 않았다는 이유로 동역에서 멀지 않은 10구의 길거리에 버려져 죽기 직전까지 간 적도 있었다. 인내심의 한계에 다다른 포주 한 명이 의식을 잃을 때까지 나를 두들겨 팬 뒤 그곳에 버렸던 것이다. 그곳은 사람이 거의 다니지 않는 후미진 길이었고, 아무도 나에게 관심을 갖지 않아서 그렇게 몇 시간을 길 위에 쓰러져 있어야 했다. 그 일로 나는 갈비뼈 몇 대가 부러지고 오른쪽 팔에 이중 골절을 입었으며, 머리에 심한 충격을 입었다. 상처는 이루 다 헤아릴 수 없었고 수많은 타박상이 얼굴과 몸을 뒤덮고 있었다. 천만다행으로 그날 밤 천사 하나가 그 길에서 우연히 길을 잃었다. 천사들이 모두 그렇듯, 그 천사도 성별이 모호했다. 생

드니 거리를 떠나 내가 쓰러져 있는 길가와 인접한 거리에서 일하는 친구를 만나러 가던 루이자가 정신을 잃고 쓰러져 있는 나를 발견한 것이다. 그것이 우리의 첫 만남이었다. 불행히도 나는 그날 일을 자세히 기억하지 못하지만, 그녀가 내 생명을 구해 줬다는 사실만은 잘 알고 있다.

다음날 병원에서 깨어나 보니, 천사가 내 옆에 앉아 있었다. 천사는 매일, 하루도 빠지지 않고 문병을 왔다. 결코 예외가 없었다.

그 시련에서 육체적으로 회복되는 데 몇 달이 걸렸다. 나는 재정적으로 막다른 골목에 도달해 있었고, 정서적으로도 황폐해 있어서 다시 거리로 돌아갈 생각을 하면 끔찍했다. 루이자가 탕플 거리에 있는 자기 바에서 일해 보는 게 어떻겠느냐고 제안했다. 처음에 나는 그 제안을 거절했다. 내가 그녀에게 위험을 안겨 줄 수도 있다는 것을 잘 알고 있었기 때문이다. 하지만 그녀는 계속 권유했다. 신중하고 현명하게 행동하면 아무 일 없을 거라는 것이었다. 생 드니 거리 주변의 사람들은 루이자에 대해 모두 알고 있었고, 그녀에 대해 나쁘게 말하는 사람은 없었다. 아무도 뭐라 하지 않을 터였다. 나는 결국 내 문제에 대한 기적적인 해결책이라고 생각하면서 그 제안을 받아들였다. 그로써 나는 거리의 속박과 위험을 피할 수 있었고, 내 기질에 맞다고 생각하는 유일한 직업을 다시 시작할 수 있었다.

별 큰 문제없이 오 년이라는 세월이 흘렀다. 물론 그 구역에 이미 자리 잡고 있는 창녀들이 두 팔 벌려 나를 환영해 주지는 않았다. 나는 겸손하게 내 역량을 발휘해야 했고, 내가 '규칙을 잘 지키는 여자'라는 것을 그들에게 보여 줘야 했다. 루이자와 나 사이의 우정이 그들에게 신뢰를 주었고, 나는 그 사실에 만족했다. 처음에는 10구에서부터 나를 따라다니던 믿을 수 있는 몇몇 친구들과 함께 일했다. 일은 부드럽게 자리를 잡아 갔고, 이렇다 할 충돌도 없었다.

나는 '루이자네'에서 일하기 전부터 이미 칸막이로 구획이 쳐진 삶을 살았다. 아주 정밀한 삶의 규칙과 윤리의 측면이 더욱 강화되었다. 나는 폭력과 압제가 불시에 내 삶에 다시 얼굴을 들이밀까 봐 두려웠다. 나는 통제할 수 없는 것, 예측할 수 없는 것에 절대 자리를 내주고 싶지 않았다. 그러므로 나는 일종의 섹스 공무원이 되어야 했다. 경계표를 세우고 시간을 정해 놓고 일하는 창녀.

나를 때렸던 포주에 대해 말하자면, 다시는 그와 상대도 하고 싶지 않았다. 아마도 그는 내가 상처에서 회복되지 못했다고 생각했을 것이다. 어쩌면 그 사람은 이미 죽었을지도 몰랐다. 어쨌거나 그 사람도 위험한 직업에 종사하고 있었다.

12

이십 년의 창녀 생활 동안 나는 한 번도 휴가를 떠나 본 일이 없었다. 그런 생각은 해보지도 않았다. 루이자가 가게 문을 거의 닫지 않았기 때문에 나도 그럴 마음이 생기지 않았다. 이번 일은 디미트리에 의해 억지로 강요된 휴가인 동시에 루이자와 나에 대한 전면적인 위협이었다. 그 사건은 또한 나를 무기력 상태로 몰아넣었다. 몽롱함 속을 헤매는 방황. 하얀 낮들이 계속되었다. 그 시간들은 어떠한 질문도 내게 제기하지 못했고, 그 시간 동안 나는 생명 유지에 필요한 기본적인 요구를 충족시키는 것에 만족했다. 독서도 그런 요구의 일부였다. 나는 긴장을 풀고 책 속에 빠져들려고 애쓰면서 날마다 책 한 권씩을 읽었다.

이런 식으로 일주일을 보낸 뒤에야 나는 마침내 내 상황과 내 미래의 전망에 대해 생각할 수 있게 되었다. 내 앞에는 두 가지 선택이 놓여 있었다. 다시 일을 시작한다. 그렇게 되면 거리로 다시 돌아가야 하고 구역을 바꿔야 한다. 아니면 루이자에게서 모든 위협이 멀어져 가기를, 그리고 디미트리가 나를 잊어버리기를 기다린다. 재정 상태는 그리 나쁘지 않았다. 몇 달 동안 아주 조용히 참고 기다릴 수 있을 만큼 충분한 돈을 저축해 두었으니까. 하지만 일하지 않는다는 것은 장기적으로 볼 때 불안한 일이었고, 디미트리는 기억력이 나쁜 남자가 절대 아니었다.

나는 내가 모르는 혹은 거의 모르는 구역들에 가서 오랫동안 산책을 했다. 그리고 깊이 생각에 잠겼다.
아르 다리는 내가 좋아하는 장소였다. 나는 여러 번 그곳에 가서 내가 다리 어느 쪽에 있느냐에 따라 합쳐지기도 하고 갈라지기도 하는 센 강의 양쪽 기슭을 바라보며 오랜 시간을 보냈다. 나는 양쪽 기슭 사이에, 두 개의 삶 사이에, 두 개의 선택 사이에 놓여 있었다. 길을 잃고 결정을 내리지 못한 채.

실비아로 하여금 그런 행동을 하게 만든 이유가 무엇이었을지 생각해 보니 두 개의 상이한 이유가 떠올랐다. 첫 번째 이유는 다분히 경제적인 것으로, 나와 직접적인 연관은 없었다. 몇 달 전부터 이 거리 여자들의 근무 여건이 특히 어려워졌다. 최근에 발효된 법은 공공도로에서 행해지는 모든 형태의 상행위를 금지했고, 경찰의 일제 단속도 점점 잦아지고 있었다. 게다가 동쪽 구역의 여자들이 가격을 파괴해 가며 구역을 잠식해 들어오는 바람에 무자비한 경쟁이 벌어지고 있었고, 생 드니 구역에 새로 들어온 뱀장어 수하의 새로운 남자의 존재까지 더해져 사태는 악화일로였다. 그런 분위기 속에서 특별한—특권을 부여받고 있는—나의 존재가 이 공동체 구성원들의 화를 돋운 것이다.

두 번째 이유는 전적으로 내 문제였다. 동기가 어쨌든 간에 실비아는 맹목적으로 복종하는 하녀일 뿐이고, 내 앞날이나 운명에 대해서는 별다른 의도가 없어 보였다. 실비아가 나에 대하여 디미트리에게 이야기하면서 유발된 혼란은 다른 문제들에 덧붙여져 삽시간에 눈덩이처럼 커졌고, 그로 인해 나는 불가피하게 나 자신의 몫일 수밖에 없는 곤란에 빠진 것이다. 오 년 동안 이렇다 할 마음의 동요 없이 살아온 내가 갑작스럽게 흥분 상태에 빠졌다. 마치 내가 입자 가속기 속에 들어와 있는 듯한 이상한 느낌이었다.

실비아와 루이자 사이에 언쟁이 있었고, 낯선 남자가 와서 편지 '낭독'을 부탁했고, 디미트리를 만났고, 그 그림을 발견했고, 실비아의 복수가 있었다. 이 모든 사건들이 똑같은 논리를 따라가고 있었다. 그것들은 긴밀히 결합된 하나의 총체를 구성하고 있었고, 내 일상적인 삶 속에 혼돈을 구축해 놓았다. 그것들은 나를 공허 위에 서 있는 아르 다리로 이끌었다.

13

어느 날 아침, 중요한 약속을 잊고 있는 것 같은 막연한 느
낌이 들었다. 그 느낌은 계속 나를 압박했다. 그 느낌의 근원
이 무엇인지 알아내려면 잠시 정신을 집중할 필요가 있었다.
날짜 하나가 뇌리를 스쳤다. 벨빌의 인도 위에 내팽개쳐 버린
날짜, 화랑에서 연다던 파티의 날짜였다. 바로 오늘이었다.
나는 그 날짜를 잊지 않고 있었다. 그 날짜는 때가 되면 솟아
오를 채비를 갖춘 채 내 뇌리 한구석에 얌전히 숨어 있었던
것이다. 나는 그 날짜를 잊고 싶지 않았던 것이다.

할 일 없는 한나절 동안 나는 망설이며 시간을 보냈다. 내 삶은 지금도 충분히 혼돈스럽다. 이보다 더 나쁜 일이 내게 일어날 수 있단 말인가? 수수께끼 같은 다니엘 레보비츠와 그의 그림에 대한 호기심이 내 결심에 결정적 역할을 했다. 나는 파티에 입고 갈 원피스를 한 벌 샀다. 붉은색 여름 원피스였다. 이제는 내 소유가 된, 내 방 벽에 기대어 세워 둔 그 그림 속 갈색 피부의 여자가 입고 있는 옷과 몇몇 세부에 이르기까지 거의 비슷한 옷이었다. 나는 충격을 불러일으키고 싶었다. 그리고 그 충격에 대한 반응을 기다렸다.

파티는 십구 시 삼십 분에 시작했다. 그 화가는 틀림없이 조금 늦게 도착할 것이다. 짧았던 우리의 만남과 화랑 주인과 나누었던 대화 그리고 그에 대한 나의 직관이 시간의 속박 따위를 무시하는 사람의 이미지를 내게 형성시켜 주었던 것이다. 그는 파티 장소에 늦게 오는 사람이었다. 아니면 아예 오지 않든가.

나는 이십 시 삼십 분쯤 화랑에 도착했다. 그는 아직 오지

않고 있었다. 서른 명쯤 되는 사람들이 그림들 앞에서 혹은 뷔
페 테이블 주변에서 대화를 나누며 떠들고 있었다. 그들은 사
용하는 언어에 따라, 완벽한 공생관계를 맺고 있는 서너 그룹
으로 나뉘어 있었다. 그들은 이곳에 있는 것을 행복해하는 듯
보였다. 문화적 특권을 부여받은 이 순간을 함께 나누고 있는
것에 스스로 만족해하는 것 같았다. 하지만 그들과 달리 나는
지독히도 불편했다. 내가 있을 곳이 아니라는 느낌이 들었다.
나는 사람들이 내게 말을 걸지 않게 해달라고 속으로 기도했
다. 내게 다가와 와 줘서 고맙다고 인사한 활달한 화랑 주인을
빼면 다행히 말을 건 사람은 겨우 손에 꼽을 정도였다.

"벌써 보셨나요?"

화랑 주인이 제자리에서 반 바퀴쯤 돌면서 내게 물었다.

그는 화랑 벽에 걸려 있는 그림들을 내게 눈짓으로 가리
켰다.

"아직요. 방금 도착했거든요."

나는 그가 나를 알아보고 게다가 다가와서 말까지 걸어서
조금 놀란 참이었다.

"저게 당신 마음에 들었으면 좋겠네요. 보면 알겠지만 모든 취향의 그림이 다 있답니다. 스타일이 서로 다른 여섯 명의 예술가들이……."

"다니엘 레보비츠도 있나요?"

내가 질문했다. 이미 답을 알고 있는 질문을. 마치 높은 낭떠러지에서 몸을 던지듯이. 화랑 주인은 당황한 것 같았다. 아마도 그는 나의 동요를 알아차린 듯했다.

"많이 늦지는 않을 거예요. 그의 그림들이 저기 있어요. 가서 보실 수 있어요. 틀림없이……."

다리가 무척 긴 금발 여자가 화랑 주인을 다른 손님들에게 데려가기 위해 찾아오는 바람에 우리의 대화는 중단되었다. 금발 여자는 양해를 구하고 나에게 친절한 미소를 지어 보인 다음 나를 혼자 남겨 두고 화랑 주인과 함께 가 버렸다.

나는 뷔페 테이블 쪽으로 신중히 후퇴했다. 거기서 포도주를 한 잔 마셨다. 그런 다음 다니엘의 그림들을 향해 다가갔다. 그림은 모두 석 점이었다. 내가 이미 알고 있는, 자줏빛 긴 소파에 누워 있는 갈색 피부의 여인의 그림, 그리고 그것과 스타일이 매우 다른 그림 두 점이었다. 남자의 얼굴들이었다. 한동안 관찰한 후에 나는 그것들이 무한한 슬픔을 담고 있는 그의 자화상이라는 것을 알 수 있었다.

"저 여자가 당신을 많이 닮았군요."

내 바로 옆에서 한 남자가 말했다. 나는 그가 다니엘이라고 생각하고 격한 감정을 느끼며 고개를 돌렸다. 하지만 목소리의 주인은 그가 아니었다. 내가 알지 못하는 어떤 남자가 내 곁으로 다가와 그림 속의 갈색 피부 여인을 바라보고 있었다. 잠시 후 그가 그림에서 고개를 돌려 나에게 시선을 고정했다.

"성가시게 할 생각은 없었습니다. 그냥 그림 속 여자와 너무 닮아서요. 혹시 이 그림의 모델이십니까?"

나는 아니라는 뜻으로 고개를 젓고 시선을 돌렸다. 그러나 회피하는 듯한 내 태도는 그의 기세를 전혀 꺾지 못했다. 남자가 자기소개를 했다. 나는 그 이름을 귀담아듣지 않았다. 나는 이곳을 떠나고 싶었다. 숨이 막혀 왔다. 그 사람이건 혹은 다른 사람이건 이곳에서 누군가 나에게 질문을 해오는 것이 달갑지 않았다. 나는 이 그림 앞에서 혹은 또 다른 두 그림 앞에서 희롱의 대상이 되고 싶지 않았다. 이 사람들은 내가 그들의 소유가 아니라는 사실을 모른단 말인가? 나는 평화를 원했다.

나는 마음을 접고 내 숭배자를 그곳에 남겨둔 채 서둘러 화랑 밖으로 나왔다. 신선한 밤공기를 마시니 마음이 조금 진정되었다. 나는 숨을 크게 한 번 들이마신 뒤 인도 가장자리에 앉았다. 길에 사람들이 지나갔다. 날씨가 좋았고, 사람들은 서둘러 집으로 돌아가려 하지 않고 느긋하게 걷고 있었다. 화랑 옆에 있는 바도 사람들로 가득 차 있었다. 벽을 통해 때때로 동양의 멜로디가 흘러나오고, 관능적이고 우울한 탄식이 새어 나왔다.

멀리서 그가 오는 것이 보였다. 아직은 기껏해야 그림자처럼 보였다. 하지만 나는 그가 나를 알아보았다는 것을 알 수 있었다. 인도 가장자리에 앉아 있는 아주 조그만 형체인 나를, 고독한 구球처럼 몸을 구부리고 있는 나를. 그의 두 눈은 나를 떠나지 않았다. 그는 아주 우아했다. 검은 예복에 하얀 셔츠를 입고 있었다. 그가 좀더 가까이 다가왔을 때, 나는 그의 얼굴에서 피로의 흔적을 보았다. 어떤 창백함을.

그가 계속 다가왔다. 나는 자리에서 일어섰다. 내 바로 몇 미터 앞까지 왔을 때 그의 눈이 나를 떠났다. 그는 나를 바라보지 않고 그냥 스쳐 지나갔다. 그리고 화랑 안으로 들어갔다. 나는 그곳에 존재하지 않았다.

시간이 지난 훗날 당신은 내게 물었죠. 그날 저녁 내가 어떤 감정을 느꼈는지. 끔찍한 무관심을 가장한 채 당신이 내 곁을 스쳐 지나간 그 순간. 그 모멸감. 하지만 나는 그때 내 기분이 어땠는지 당신에게 대답하고 싶지 않았어요. 나는 아직도 당신을 원망하고 있는 것 같아요.

오늘에야 나는 그 질문에 대답할 수 있어요. 당신 혹시 그 바보 같은 놀이를 알고 있는지 모르겠네요. 다 큰 성인들이 때때로 빠져드는 그 놀이 말이에요. 그들은 바로 아래, 그들의 눈 밑에 있는 어린아이가 보이지 않는 척하죠. 그러면 그 어린아이는 요란한 몸짓을 하고 소리를 지르며 자기 자신의 존재를 알리려고 지칠 때까지 애를 써요. 나는 이 놀이보다 더 잔인한 놀이를 알지 못한답니다.

당신이 나를 모른 척했을 때, 나는 모습이 보이지 않고 소리도 들리지 않는 그 어린아이가 된 듯한 느낌이 들었어요. 내 존재는 부정되고, 쓸모 없는 것이 되어 무無 속으로 던져졌죠. 소리 나지 않는 내 목소리. 나의 무력함. 나의 죽음. 당신은 나를 어린아이가 된 듯한 공포 속으로 몰아넣었어요. 내 아버지의 몰이해 속으로. 보지 못하는 그의 눈과 잃어버린 그의 사랑으로.

14

나는 집까지 뛰어갔다. 단 한 번도 멈추거나 뒤돌아보지 않았다. 화랑 쪽을 마지막으로 한 번 더 바라보지도 않았다. 기대감과 헛된 생각을 모조리 비워내 버렸다.

불편해했던 나 자신이 원망스러웠다. 아직도 내게 상처 받을 부분이 남아 있었단 말인가! 나는 나 자신에 대한 감시를 늦추었고, 내 고유의 생존법칙을 위반했던 것이다. 그리고 그 대가를 치렀다. 바로 이런 일이 일어나지 않도록 하기 위해 모든 사람과 사물에 그토록 거리를 두고 살아왔는데. 나 자신이 비참하게 느껴졌다. 물론 여러 해 동안 내 스스로 부과해

온 주의사항과 원칙들이 내게 육체적 수고를 면제해 주지는 않았다. 그러나 육체의 고통 따위는 아까 내가 느낀 모욕감에 비하면 아무것도 아니었다.

아파트에 도착했을 때, 나는 온통 땀에 젖어 숨을 헐떡이고 있었다. 심장 뛰는 소리가 마치 북소리처럼 귓전에 울려 퍼졌다. 나는 현관문에 기대선 채 몇 분 동안 완전한 암흑 속에 꼼짝 않고 서 있었다.

그런 다음 욕실에 들어가서 시원한, 거의 차가운 물로 오랫동안 샤워를 했다. 몸을 말리는 동안 아버지의 영상이 나를 괴롭혔다. 아버지의 영상은 공허감을 몰고 왔고, 나는 한 손에 목욕 타월을 든 채 욕조 가장자리에 주저앉았다. 붉은 원피스는 동그랗게 말린 채 내 발치에 흐트러져 있었다. 내 눈이 원피스에 가서 멈췄다. 하지만 나는 그것을 보고 있지 않았다.

잊고 있던 기억이 날카로울 정도로 선명하게 다시 떠올랐다. 파리에 오고 일 년쯤 되었을 때이다. 내가 손님들을 에덴 동산으로 데려가던 시절이었다. 장미의 계절. 나는 호텔 뒤편에 나 있는 좁은 길에서 손님을 기다리고 있었다.

나는 그가 내게 다가오는 것을 보며 거기에 우두커니 서 있었다. 아버지. 지난 일 년간 나는 아버지에게 소식을 전혀 전하지 않고 있었다. 우리가 난폭하고 절망적인 태도로 증오에 찬 말들을 주고받은 이래로. 가장한 사랑의 말과도 같은.

그는 내게서 몇 발자국 떨어진 곳에 와서 조용히 멈춰 섰다. 그의 표정엔 분노의 흔적도, 슬픔의 흔적도 없었다. 그는 확신에 찬 어조로 나를 짧게 나무랐다. 그게 다였다. 무관심과 엄격함이 뒤섞인 어조. 나에게 타격을 주고 나를 때려눕히기에 그보다 더 좋은 무기는 없다는 것을 그는 확실히 알고 있었다.

나로서는 영원히 끝나지 않을 것처럼 느껴진 그 몇 분이 지난 후, 그는 멀어져 갔고 길 끝으로 모습을 감추었다.

어린아이 같은 흐느낌이 목을 죄어 왔고, 나는 인도 위에 웅크리고 앉았다.

그가 어떻게 나를 찾아냈는지 알 수 없었다. 그리고 나는

결코 그것을 알 수 없을 터였다. 나에 관한 것이라면 그에게
불가능한 일은 없을 것이라는 생각만 했을 뿐이다.

15

다음날 내가 바 앞을 지나가는 것을 보자 루이자는 반색하며 기뻐했다. 내 지난밤은 끔찍했다. 열에 들뜬, 초현실적이고 소름 끼치는 영상들로 가득 찬 반수면 상태의 짧은 순간들로 군데군데 잘린 기나긴 불면의 밤이었다. 다니엘의 얼굴과 아버지의 얼굴이 서로 겹치고 뒤섞였다. 두 사람의 목소리가 한데 섞여 앞뒤가 맞지 않는 말을 내게 해댔다.

잠에서 깨어나니 전날들과 똑같은 고독한 하루가 나를 기다리고 있었다. 더는 견딜 수 없었다. 루이자와 토니 같은 따뜻한 존재들이 절대적으로 필요했다.

루이자네 바를 찾아가지 않은 지 벌써 삼 주가 되었다. 경찰의 감시가 좀 완화되었는지, 그동안 루이자에게 다른 걱정거리가 생기지는 않았는지 나는 전혀 알지 못하고 있었다. 나는 청신호를 기대하며 그녀에게 전화를 걸었고, 그녀는 즉시 긍정적인 답변을 주었다. 때때로 경찰들이 지나가긴 했지만 내가 평범한 옷차림을 하고 평소의 시간표에 따라 밖에 나가면 아무런 문제가 없었다.

나는 한산한 시간인 십오 시경 청바지에 농구화를 신고 루이자네 바에 도착했다. 일하지 않을 때 내가 즐겨 하는 옷차림이었다. 레오뮈르 거리를 걸으면서 나는 혹시라도 디미트리가 나타나지 않을까 해서 가능한 한 시선을 멀리 두려고 애썼다.

바 안으로 들어가 보니 토니는 없었고 루이자가 카운터 뒤에서 계산을 하고 있었다. 내가 도착한 것을 보고 루이자는 곧바로 계산을 멈추더니 나에게 다가와 두 팔을 벌려 나를 맞이했다. 그녀의 따뜻함에 별안간 마음이 뭉클해졌고, 내 눈엔

눈물이 차올랐다.

우리는 테이블에 앉았다. 루이자가 나에게 바의 상황에 대해 이야기해 주었다. 경찰들은 잠잠해졌지만 분위기가 여전히 좋지 않다고 했다. 여자들은 바에 오지 않고 있었다. 이번엔 내가 그녀에게 실비아와 디미트리에 대해 이야기해 주었다. 루이자는 이미 그 문제의 원인을 알고 있었고, 그래서 별로 놀라지 않았다.

"그렇잖아도 실비아와 뭔가 관련이 있는 게 아닐까 예상했었어. 그 여자는 미쳤어. 그런데 당신은, 당신은 어떻게 할 거야? 이 바닥에서 더 이상 일할 수도 없게 됐잖아. 디미트리가 버티고 있는 한 밀이야."

"다른 곳에 가서 모든 걸 다시 시작할 힘이 내게 있을지 모르겠어요. ……지금은 그냥 모든 게 피곤할 뿐이에요."

"카라 미아(Cara mia, '친애하는 사람', '가여운 사람'이라는 뜻의 이탈리아어.—옮긴이)……."

루이자가 내 손을 꼭 붙잡았다. 잠시 후 루이자는 카운터에서 기다리고 있는 새로운 손님을 접대하러 가기 위해 내 손을 놓아야 했다. 나는 루이자의 움직임을 눈으로 좇았다. 그때 달갑지 않은 손님처럼 다니엘이 내 시야에 들어왔다. 그는 나를 보지 못하고 있었다. 나와는 반대로 그는 일할 때 입는 옷차림이었다. 작업복 바지에 물감 얼룩이 묻은 티셔츠를 입고 있었다. 그가 루이자에게 뭔가 말을 하기 위해 카운터 위로 가볍게 몸을 숙였다. 루이자는 조금 거북해 보였다. 그녀가 내 쪽을 향해 회피하는, 어쩔 수 없다는 듯한 눈길을 던졌다. 다니엘로 하여금 내 쪽을 돌아보게 하기에는 그것만으로 충분했다. 동요의 시간. 우리 세 사람은 무엇을 해야 할지, 무슨 말을 해야 할지 알지 못한 채 서로 바라보고만 있었다. 다니엘이 내 테이블로 다가오더니 내 앞에 앉았다. 루이자는 걱정하는 동시에 유감스러워했다. 그녀가 허공에 대고 어쩔 도리가 없다는 손짓을 했다. 나는 그녀를 안심시키기 위해 미소를 지어 보였고, 그녀는 중단했던 계산을 다시 하기 시작했다. 간간이 고개를 들어 우리를 살펴보면서.

"당신이 여기 있을 거라고는 생각지 못했소. 당신을 위해 이 가게 주인에게 한마디 남겨 두고 싶어서 온 거요."

몇 초간 침묵이 흐른 뒤 다니엘이 눈을 내리깔고 테이블을 바라보며 말했다.

그의 어두운 두 눈은 이제 나의 눈 속에 붙박여 있었다. 나는 화가 났고 앙심에 사로잡혔다.

"당신이 나를 위해 뭔가를 할 필요는 없어요. 그냥 내가 여기 없는 것처럼 행동해요. 당신은 그게 습관이 됐잖아요, 안 그런가요?"

"내게 뭘 원하오?"

그는 내 질문에 동요하지도 않고 태연한 태도로 물었다.

"아무것도요. 그러니 안심하세요. 나는 당신에게 아무것도 원하는 게 없어요. 내기 당신 아내나 어머니를 찾아가서 우리가 어떻게 만났는지 말할 생각은 없으니까요. 입 다무는 대가로 당신에게 돈을 요구하지도 않을 거고요. 당신이 걱정하는 게 이런 거 아닌가요?"

"화랑에서는 뭘 하고 있었던 거요?"

"내겐 당신의 그림을 너무나 사랑해서 당신 작업실 근처에 사는 악취미가 있어요. 심지어 그림을 한 점 사기도 했죠. 창녀로서는 놀라운 일이죠, 나도 알아요."

이번엔 그가 거북해했다. 그의 두 눈이 다시 테이블 위를 향했다. 그는 양손을 마주 비볐다.

"어제 저녁엔 미안했어요. 그런 곳에서 당신을 만날 거라고는 생각도 못 했소."

그가 누그러진 어조로 말했다.

"당신이 어떻게 생각할지는 모르겠지만, 나는 당신을 만나려고 거기 간 게 아니에요."

그 순간 나는 그 사실을 보장할 수 있었다. 그는 아무 말도 하지 않고 일어나서 바지 주머니에 한 손을 찔러 넣었다. 그는 주머니 안에서 명함을 한 장 꺼내 조금 서투른 태도로 내게 불쑥 내밀었다.

"당신이 내 모델이 되어 줬으면 좋겠소. ……모델료는 지불하리다."

나는 명함을 받았고, 그는 내 대답을 기다리지 않고 일어나서 멀어져 갔다. 몇 발자국 걸어가다가 그가 걸음을 멈추고 나를 돌아보았다.

“얼마나 냈소?”

“뭐라고요?”

“그 그림말이오. 얼마 주고 샀소?”

“오백이요.”

“바보로군.”

그가 미소를 띠며 자신에게 말하듯 중얼거렸다.

그가 밖으로 나갔다. 나는 두 손에 명함을 쥔 채 어찌해야 할지 몰라 테이블에 혼자 앉아 있었다. 그의 모델이 된다는 것은 생각할 수도 없는 일이었다. 내가 그를 다시 만난다는 것 역시. 또다시 모든 것이 엉망진창으로 뒤섞여 버렸다.

“괜찮아?”

나는 루이자를 향해 고개를 들었다. 그녀는 코끝에 안경을 걸친 채 나를 바라보고 있었다.

“괜찮아요, 루이자.”

나는 명함을 되는 대로 가방 안에 쑤셔 넣고 일어나 문 쪽으로 갔다.

“또 올게요.”

나는 루이자 앞을 지나가며 그녀에게 말했다.

내가 일하던 방에 가 보고 싶었다. 그동안 나는 그 방에서 멀어진 채 해결책을 찾고 있었다. 그곳에 내 자리는 더 이상 없었다…….

나는 루이자네 바와 건너편 오래된 건물 사이에 나 있는 길을 가벼운 걸음걸이로 건넜다. 나는 내 흔적과 다시 마주했다. 방은 어둠에 잠겨 있었고, 시간은 침묵에 사로잡힌 채 중지된 것 같았다. 나는 덧창을 열었다. 햇빛이 단숨에 방 안으로 쏟아져 들어와 수천 개의 먼지 입자를 비추었다. 나는 침대 위에 걸터앉아 생각에 잠겼다. 그러다가 침대에 길게 드러누웠다. 이 방에 있으면 늘 기분이 좋았다. 안전하게 느껴졌다. 예측불허의 손님과 함께 있을 때조차도. 이곳은 나의 동굴이었다. 내 구역이었다.

한 시간쯤 그렇게 있었던 것 같다. 아래층으로 내려오면서 해결책이 떠올랐다. 불완전하지만 가능한 해결책이었다. 어쨌든 내가 보기엔 시도해 볼 만한 유일한 해결책이었다. 이제

할 일은 루이자에게 다시 돌아가 그녀의 의견과 도움을 구하
는 일이었다.

16

나는 내가 생각해 낸 해결책을 이 주 동안 실행에 옮겼다. 루이자는 내가 일하는 방으로 다시 손님들을 보냈다. 물론 몇몇 단골손님들이었다. 그들은 내가 다시 일하게 되어 나를 만나게 되리라는 희망을 버리지 않고 있었고, 내가 자리를 비운 동안에도 정기적으로 바에 들르곤 했다. 내가 갑자기 자취를 감춘 뒤, 루이자는 그들에게 내가 휴가를 떠났고 언제 돌아올지 잘 모르겠다고 말해 둔 터였다.

그것은 나 자신에 대한 오래된 보호 방법이었다. 내 밤 시간들을 달리 무엇으로 채우겠는가? 하룻밤에 손님 한두 명.

한 명도 없을 때도 가끔 있었다. 그러나 변한 것이 아무것도 없다는 착각을 들게 하기엔 그것으로 충분했다.

루이자는 완벽했다. 그녀는 돌아가는 상황을 조절하여 나에게 손님을 보내주기도 하고 전 손님이 아직 머물러 있다고 생각될 때는 다음 손님을 좀더 기다리게 하기도 했다. 내가 삼십 분을 규정 시간으로 하고 있다는 것을 그녀는 잘 알고 있었다. 손님 수를 제한한 만큼 시간이 초과되는 일이 전보다 더 자주 일어났는데, 그런 경우는 모든 성가신 일로부터 나 자신을 보호했다. 특히 누가 문을 두드리는 것이 싫어서 문고리에 'Do not disturb'라고 쓴 작은 팻말을 걸어 놓았다. 에덴 호텔 시절에 대한 기억. 그때 니는 검은 펠트 처에 '두드리지 마세요'라고 적은 팻말까지 덧붙여 문에 걸어 두었다.

단골손님 중에 정신분석가가 나를 무척 보고 싶어했다. 내가 자리를 비운 동안 그는 내 동료 중 한 명을 보러 왔지만, 나를 만날 수 없었다고 했다. 그의 말에 따르면 상황이 "들어보나마나 뻔했다."는 것이다.

나는 늘 하던 대로 이십 시경 바 근처에 도착했고, 루이자나 토니가 나를 볼 수 있도록 내가 일하는 방이 있는 건물 안으로 곧장 들어가지 않고 일단 그 앞을 지나갔다. 그런 다음 마지막 지하철을 타기 위해 밖으로 나갈 때까지 그 방을 떠나지 않았다. 두 손님 사이의 기다리는 시간이 길어질 수도 있었다. 그럴 땐 책들이 친구가 되어 주었다. 나는 언제나 대여섯 권의 책을 준비해 침대 옆 바닥에 쌓아 두고 있었다. 어느 날 밤, 내가 그 책더미를 몇 번 되풀이해서 읽었다는 것을 알아차렸을 때 정신분석가가 나를 환자로 받고 싶다고 말했다.

처음엔 디미트리를 다시 만나는 것에 대한 두려움이 무척 컸지만, 하루하루 흘러감에 따라 그것도 흐릿해지고 있었다. 마침내 나는 마음의 안정을 찾고 내가 필요한 모든 주의를 기울이고 있다는, 그리고 그런 걱정을 하지 않기 위해 충분히 신중하게 행동하고 있다는 느낌을 갖게 되었다.

나는 방의 불을 끄고 문을 닫았다. 오늘 밤에는 손님을 한 명밖에 못 받았다. 최근에 이혼하고 무척 불행해하는 '고전파' 손님이었다. 그는 행위 중 자신의 슬픈 삶에 관해 산더미처럼 이야기를 쏟아 놓았고, 오르가슴에 도달하면서 전 부인의 이름을 소리쳐 불러 댔다. 결혼생활을 할 때도 나를 찾아오던 가여운 남자였다. 그는 여전히 그의 배우자인 그 여자의 극성맞은 성격에 관해 이런저런 불평을 해 댔다. 정말이지 수다스러운 남자였다.

부부간의 그렇고 그런 진부한 이야기들을 들어 주고 나니

상당히 기운이 빠졌다. 나는 집으로 돌아갈 채비를 서둘렀다. 늘 가지고 다니는 스포츠 배낭을 어깨에 메고 아래층으로 통하는 계단을 빠르게 내려갔다. 3층에 도착했을 때 나는 걸음을 조금 늦추었다. 3층에 사는 그 나이든 청년과 문제를 일으키고 싶지 않았다. 그는 그렇게 되기만을 기다리고 있을 테지만. 나는 최대한 소리 내지 않으려고 애쓰면서 1층까지 내려왔다.

건물을 완전히 벗어나려는 찰나, 불이 꺼지면서 왼쪽에서 뭔가 움직인 듯한 느낌이 들었다. 자전거 주차장으로 쓰기 위해 벽을 보강해 놓은 곳이었다. 나는 그쪽으로 고개를 돌렸다. 검은 그림자가 튀어나와 내 팔을 낚아채더니 건물 입구에 있는 작은 공간의 벽에 나를 거칠게 밀어붙였다. 다음 순간 그 그림자에서 손 하나가 나오더니 소리를 지르려는 내 입을 민첩하게 틀어막았다.

"당신을 다시 보게 되어 무척 기쁘군."

디미트리의 목소리였다. 목소리가 매우 독특해서 금방 분

간해 낼 수 있었다. 나와 디미트리의 얼굴 사이에는 최소한의 공간밖에 없었다. 술 냄새가 풍기는 그의 숨결 때문에 구역질이 일었다. 내 호흡이 빨라졌다. 그는 체중을 전부 실어 내 몸을 내리눌렀고, 한 쪽 다리로는 내 두 다리를 찍어 눌렀다. 내 입에 닿아 있는 그의 손의 축축한 열기가 견디기 힘들었다.

"이런 식으로 계속 일할 수 있을 거라고 믿고 있나? 나한테 뭐 할 말 없어? 아무 말도 없이 이런 식으로 나오면 곤란하지……."

그는 입으로 내 목덜미를 훑고 군데군데 혀로 핥았다. 마치 야생동물처럼 킁킁대며 내 피부의 냄새를 맡았다.

"우리 둘은 해결해야 할 문제가 있어. 사실 벌써 오래 전에 당신한테 따끔한 맛을 보여 줘야 했지만, 난 내심 당신이 마음에 들었거든. 정말이야. ……그래서 당신의 이 조그만 아가리를 망가뜨리는 게 굉장히 힘들게 느껴진다고."

그의 몸이 좀더 힘을 가해 내 몸을 내리눌렀다. 넓적다리 위쪽에 그의 성기가 느껴졌다. 그가 말하는 동안 그것은 점점 딱딱해졌다.

"그래서 그런 일을 피하기 위해, 당신에게 제안을 하나 하겠어. 처음에 난 그저 당신이 망가지기만을 원했어. 하지만 곰곰이 생각해 봤지. 당신은 이제 여기 그대로 머물러도 좋아. 대신 나를 위해 일해야 해. 당신이 얌전히 굴고 감사할 줄 알면 일한 것에 대해서는 이윤을 높이 쳐 주겠어."

그가 내 입을 틀어막았던 손을 떼어 내는가 했더니 곧바로 축축한 자기 입술을 내 입에 갖다 댔다. 그의 혀가 내 이빨 사이를 파고들었다. 나는 그의 혀가 내 입 속에 들어오도록 얌전히 기다렸다가 온힘을 다해 깨물었다. 뜨뜻한 액체가 내 입 안에 퍼졌다. 나는 즉시 그것을 뱉어 냈다. 디미트리가 고통에 찬 비명을 지르며 뒤로 펄쩍 물러섰다. 그는 손으로 입을 닦은 후 그 손을 바라보았다. 흐릿한 홀 안에서 그의 피는 검은색으로 보였다. 피가 그의 턱을 타고 흘러내려 규칙적으로 방울지면서 말끔히 차려입은 그의 옷 위에 거무스레한 얼룩을 만들었다.

나는 그 틈을 이용해 그가 나를 벽에 밀어붙였을 때 발밑에 떨어진 내 스포츠 배낭을 집어 들고 입구를 향해 뛰어갔다. 하지만 반밖에 못 가서 그의 손이 내 머리채를 휘어잡았다. 그는 나를 억지를 멈춰 세우고 자기 쪽을 향해 난폭하게 돌려 세웠다. 이번엔 내가 비명을 질렀다. 그가 한 쪽 팔로 내 목을 휘어 감았다. 차갑고 날카로운 칼날이 뺨을 타고 입술 쪽으로 미끄러지는 것이 느껴졌다. 그는 내 뒤에 있었다. 나에게 바싹 달라붙은 채. 그의 피가 내 머리카락 위로 방울져 떨어져 목을 따라 흘러내려 옷에 배어들었다.

"이 대가는 곧 치르게 될 거야, 더러운 창녀 같으니……. 우선 오늘 밤 번 돈을 내놔."

내가 그의 허에 입힌 상처 때문에 그의 발음이 뭉개졌다. 마치 질식한 사람의 목소리 같았다. 상처의 아픔 때문인지 그의 난폭함이 강도를 더해 갔다. 나는 바지 주머니에 손을 넣어 한 타임 일해 번 지폐 몇 장을 꺼냈다. 그가 돈을 거칠게 낚아챘다.

"이게 다야? 가방도 열어 봐!"

나는 타일이 깔린 바닥 위에 가방을 내려놓고 쭈그리고 앉아 가방의 지퍼를 열었다. 디미트리가 여전히 내 얼굴에 칼을 들이댄 채 내 몸 위로 자기 몸을 기울였다. 그는 가방을 채 가더니 거꾸로 들고 세게 흔들었다. 가방 안에 들어 있던 물건들이 내 발치에 쏟아졌다. '밤의 클라라'가 입는 옷들, 열쇠, 그리고 책 몇 권. 그것을 본 디미트리는 불만스러웠는지 가방 바깥쪽에 달려 있는 두 개의 주머니 속에 든 것도 꺼내라고 했다. 나는 가방 주머니를 열어 신분증과 지하철 정기권을 꺼냈다.

"그것도 이리 줘!"

그가 내 신분증을 낚아채며 말했다.

그가 신분증을 들여다보는 동안 건물 여기저기서 사람들의 웅성거림이 들려왔다. 문들이 열리고 사람들이 수런거렸다. 2층으로 통하는 계단 위쪽에 3층에 사는 나이든 청년이 모습을 드러냈다. 그는 낡은 실내복 차림이었고, 두 손에는 야구 방망이를 단단히 움켜쥐고 있었다.

"내가 경찰을 불렀습니다. 조금 있으면 도착할 거예요. 그래서 충고하겠는데, 빨리 여기서 꺼져!"

청년이 디미트리에게 말했다.

청년의 목소리는 떨렸지만, 흔들리지 않는 단호함이 느껴졌다. 그를 만난 것이 이렇게 반갑게 느껴지기는 처음이었다.

끝나지 않을 것 같은 몇 초가 흘렀다. 디미트리는 칼날로 내 살갗을 꿰뚫을 준비를 갖춘 채 여전히 내게 몸을 기울이고 있었다. 그는 망설였다. 칼날의 압력이 노골적으로 강도를 더해 갔다. 조금 더 그러고 있다가 마침내 디미트리가 내 귀에 대고 말했다.

"내일 밤 같은 시간에 여기서 기다리겠어. 네가 번 돈을 나한테 내놔야 할 거야. 매일 밤 말이야. 그러지 않으면 국물도 없어. 무슨 말인지 알아들어?"

그가 거칠게 나를 밀어냈고, 나는 바닥에 쓰러졌다. 나는 그가 가는 것을 보지는 못했지만 건물 현관문이 열렸다가 다시 닫히는 소리를 들었다.

청년이 천천히 다가왔다. 나는 그가 나를 비난할 거라고 생각했다. 하지만 놀랍게도 그는 내 소지품을 주워 모아 가방 안에 넣어 주었다.

“당신도 여길 뜨는 게 좋을 거예요. 경찰이 늑장을 부리진 않을 테니까.”

그가 내 얼굴은 보지 않고 엄격한 어조로 말했다.

나는 어색한 목소리로 ‘고맙다’고 웅얼거린 다음 혼자서 가방을 정리했다. 나는 방금 일어난 일의 충격에서 아직 벗어나지 못한 채 바닥에 멍하니 앉아 있었다. 청년은 자기 방으로 가지 않고 계속 내 옆에 서서 말없이 나를 지켜보았다. 그가 더 이상 나에게 관심을 갖지 않았으면 했다. 그가 분노에 찬 시선을 내 얼굴에 던졌다. 엄격한 그의 침묵이 불편하게 느껴졌다. 나는 부끄러웠다. 나 자신의 몰골이 부끄러웠고, 방금 보여준 광경이 부끄러웠다. 창녀와 기둥서방.

나는 힘겹게 몸을 일으켰다. 몸이 떨려 왔다. 나는 그와 다시 눈길을 마주치지 않고 문을 향해 걸어갔다. 무거운 나무 문을 여니, 갑작스러운 공포가 나를 엄습했다. 혹시 디미트리가 밖에서 나를 기다리고 있다면? 길거리가 이렇게 무섭게 느껴진 적이 없었다. 그는 어디에든 나타날 수 있었다. 나를 따라올 생각으로, 아마도 유리한 때를 기다리면서……. 나는 지하철을 탈 수 없었다. 그럴 수 있는 상태가 아니었다. 나는 디미트리가 남겨 놓은 얼마 안 되는 힘과 용기를 그러모아 루이자네 바로 들어갔다.

나는 디미트리가 흘린 피에 대해 잊고 있었다. 내 얼굴, 내 머리카락 그리고 내 옷에 묻은. 다행히 바는 거의 비어 있었다. 루이자가 나를 보고 깜짝 놀라 비명을 지르며 달려왔다. 그녀는 이것저것 물었지만 나는 그 질문에 대답할 수 없었다. 토니가 합세했다. 그가 내 가방을 집어 들었고, 두 사람은 그들이 주방으로 쓰는 작은 방 안으로 나를 데리고 갔다.

루이자는 재빨리 살펴보고 내게 묻은 피가 내가 흘린 것이 아니라는 것을 확인한 다음, 코냑 한 잔을 따라 주었다. 나는 그것을 단숨에 비웠다. 부드럽고 타는 듯한 알코올 기운이 몸 속에 퍼지고 가벼운 현기증이 뒤따르면서 안도감이 느껴졌다. 신경이 이완되고 경직되었던 근육이 풀리는 것이 느껴졌다. 그제야 입이 풀려 말할 수 있게 되었다. 나는 그들에게 자초지종을 설명했다.

루이자는 디미트리가 있는 한 다시는 이 거리에 오지 않는
게 좋겠다고 말했고, 토니는 나를 자동차에 태워 집까지 바래
다주었다.

18

신분증에 대해 생각이 미친 것은 다음날 아침이었다. 3층의 나이든 청년이 나타나기 직전 내 신분증을 살펴보던 디미트리의 마지막 모습이 눈앞에 떠올랐다. 그 후로 나는 내 신분증을 보지 못했다. 신분증을 가방 안에 넣은 기억도 없었다. 거의 확실했다. 나는 즉시 내 스포츠 배낭을 가져와 배낭 바깥에 달린 주머니에 손을 넣어 확인해 보았다. 주머니 안에는 지하철 정기권만 들어 있었다.

디미트리가 내 주소를 알고 있다. 내가 걱정할 만한 강력한

동기가 또 하나 있었다. 그는 아마도 내 신분증을 계속 지니고 있을 것이고, 그것을 이용해 내가 응낙하지 않을 뭔가 어두운 일에 나를 끌어들일 궁리를 할 터였다. 어젯밤 토니와 함께 집으로 돌아올 때는 그 생각을 전혀 하지 못했다. 그 전 루이자네 가게에 함께 있을 때도. 너무나 낙담이 되었다. 어제 토니는 나에게 함께 있어 주기를 원하느냐고 물었다. 나는 괜찮다고 대답했다. 나는 그가 가 버린 다음 뒤늦게 다시 고독감을 느끼는 걸 바라지 않았다. 가능한 한 빨리 고독감과 맞서는 게 나았다.

나는 가방을 비우고 샤워를 한 뒤 침대 위에 무너져 내렸다. 마음은 불안했지만 곧바로 졸음이 밀려왔다.

그리하여 나는 신분증 '분실' 신고를 해야 했다. 정말로 잃어버린 것처럼. 나는 19구 경찰서로 갔다. 평소 같으면 되도록 내가 피하고 싶어하는 장소였다.

나는 가능한 한 빠른 걸음으로 걸었다. 아침나절이었다. 길모퉁이에서 디미트리를 마주칠지도 모른다는 위협이 나를 내

리누르지는 않았다. 그는 일을 마친 뒤 밤에 만나자고 했고, 당연히 나는 다시 일하러 가지 않을 생각이었다. 진정한 위협은 거기서부터 시작될 테니까. 나는 일단 일을 쉬기로 했다.

경찰서 앞에서 나는 몇 초 동안 망설였다. 아는 얼굴이 보이지 않을까 두려웠다. 내가 밤거리에 있을 때 나를 제지했던 경찰이라든가. 그들이 나에게 어떤 질문을 할지도 두려웠다.

긴 카운터 뒤에서 경관 두 명이 앉아 있었다. 그들은 친절해 보였다. 경찰 제복이 자신들에게 부여하는 매력을 확신하며 여자 혼자 온 것에 대해 즐거워하는 듯했다. 그들이 나에게 신분증 분실 신고 양식을 주며 빈칸을 채워 넣으라고 했다.

성: 베르고. 이름: 클레르. 주소: 파리 75019, 카르두시 거리 32번지. 직업: ……. 이 대목에서 내 눈길이 종이를 떠났다가 돌아가고 다시 한 번 떠났다.

"뭐 문제라도 있으세요?"

내가 서류를 앞에 두고 펜을 멈춘 채 지나치게 골똘해 있는 것을 보고 경관 한 명이 내게 물었다.

"잃어버린 신분증 번호도 적어야 할 것 같은데…… 도무지 기억이 나질 않아서요."

"그런 일이라면 걱정할 것 없어요. 누가 그런 걸 기억하며 살겠어요!"

나는 그를 향해 희미하게 미소를 보내고 고맙다고 했다. 본전은 찾은 셈이었다. 하지만 이제 정말 뭔가를 적어 넣어야 했다. 나는 거짓말을 하고 싶지는 않았다. 정말이지 그러기는 싫었다. 될 대로 되라지. 직업: 회사 관리인.

나는 내가 다시 건넨 분실 신고 양식을 살펴보는 경관의 얼굴을 불안한 마음으로 지켜보았다. 시험관의 사소한 표정 변화에도 상황은 충분히 복잡해질 수 있었다. 다행히 그의 비위를 거스르는 것은 아무것도 없었다. 사인을 하고, 스탬프를 찍고……. 그가 양식서 사본을 만들어 내게 내밀었다.

"이걸 가지고 시청으로 가세요. 삼 주 후면 새 신분증이 나올 겁니다."

나는 활짝 웃어 보이며 그에게 작별인사를 했다. 거의 사랑

스럽게. 부차적인 일은 이렇게 지나갔다. 맞서야 할 다음 단

계가 남아 있었다.

19

나는 클레르라는 이름으로 불릴 수 없었다. 몸 파는 일에서는 아니었다. 로즈가 처음부터 말해 줬다. 이 일을 하는 대부분의 여자들이 이름을 바꾼다고. 그건 스스로를 보호하기 위한 방법이었다. 경계를 설정하는 것. 그러나 꼭 그 이유 때문만은 아니었다. 환상 부여가 두 번째 이유였다.

"손님들은 A로 끝나는 이름을 좋아해. 그들을 들뜨게 하거든. 꽃 이름도 마찬가지야." 내 사수 로즈는 이렇게 말했다. 그리고 그녀의 말이 옳았다.

'A로 끝나는 이름'은 관능적이고 성적인 이미지를 갖고 있었다. 매춘이라는 분야에서는 특히 그랬다. 말하자면 이국 취향 같은 것이었다. 음탕함에 대한 가장 아름다운 약속과 뒤섞인 여성적인 이상理想 같은 것. 〈푸른 천사〉의 롤라가 그렇듯이.

꽃 이름에 대해 말하자면 손님들을 흥분시키는 대비효과가 분명히 있었다. 로즈라는 이름의 여자가 유대-기독교 도덕에 대한 최악의 능욕을 범하는 것을 보는 것은 남자들에겐 마르지 않는 쾌락의 샘이었다.

나는 내 이름에 애착을 갖고 있었고, 오랜 시간 동안 그 이름에 적응되어 있었다. 하지만 부모에게 받은 그 이름으로 계속 불리면서 으스러질 듯한 중압감을 느끼고 싶지는 않았다. 그래서 나는 손쉬운 선택을 했다. 나는 '클라라'가 되었다.

2 0

예상을 저버리고 나는 다니엘을 찾아갔다. '낮의 클라라'의 영토 위에 동맹군을 확보하기 위해 무의식적으로. 극도로 위급한 상황의 추락 지점. 그것은 호기심에, 내가 그에게 느끼는 불안의 색조를 띤 매력에 덧붙여진 행동이었다.

나는 십오 시에 그 화가의 작업실 앞에 도착했다. 앞으로 열 시간도 지나지 않아 디미트리는 내 부정한 상행위를 수용해준 건물 발치에서 나를 기다릴 터였다. 과연 무슨 일이 일어날 것인가?

누가 본다면 너무나 이상한 일이지만, 나는 여행가방을 싸서 아무 데로나 멀리 떠날 수가 없었다. 나는 도망치고 싶지 않았다. 연극은 끝까지 공연되어야 했다.

시몬 볼리바르 대로大路. 번화가의 2층 건물. 건물 이름도 이렇다 할 특징이 없었다. 커다란 유리 지붕이 달린 2층이 그의 작업실이었다. 나는 초인종을 눌렀다. 여기에 도착하기까지 시간이 좀 걸렸다. 나에겐 후회하는 시간, 되돌아가고 싶은 시간이었다. 문이 열렸다. 내가 긴 잠에서 그를 깨운 것은 아닌가 하는 느낌이 들었다. 그의 안색은 초췌했고, 눈빛은 동요하고 있었으며, 옷과 손에는 물감 얼룩이 묻어 있었다……. 그는 일하던 중이었다. 그는 아무 말도 하지 않았다. 꼼짝 않고 아무 말도 없이 문지방 위에 서 있었다. 그의 뒤편은 어둠이었다. 나는 망설이면서 서투르게 침묵을 깨뜨렸다.

"방해해서 미안해요. ……당신의 제안을 받아들이겠다는 말을 하고 싶어서 왔어요. 그뿐이에요. 방해가 됐다면 나중에, 다음에 다시 들를게요……."

"들어와요."

그가 말했다.

나는 그의 뒤쪽에 보이는 어두운 방 안으로 들어갔다. 가구들이 흰 천으로 덮여 있었다. 버려진 방 같은 느낌. 죽음의. 먼지와 꺼진 담배 냄새. 우리는 위층으로 통하는 나선계단을 올라갔다. 그가 앞장섰고 내가 뒤를 따랐다. 위층에서는 밝은 빛이 우리를 기다리고 있었다.

빛은 커다랗고 간결한 방 안을 환히 밝히고 있었다. 천장이 유리로 되어 있고, 자그마한 영국식 실내 테라스가 있었으며, 자줏빛 소파가 놓여 있었다. 간이침대는 아무렇게나 흐트러져 있었다. 한쪽 구석에는 접이식 파티션이 세워져 있었고, 바닥에는 담배꽁초와 재로 가득 찬 재떨이가 놓여 있었다. 여기저기에 캔버스도 놓여 있었다. 완성된 것도 있고 완성되지 않은 것도 있었다. 대부분 초상화였다. 남자, 여자, 어린아이의 얼굴과 몸들. 캔버스들 중 하나가 받침대 위에 세워져 있었다. 지금 작업하고 있는 작품이었다. 캔버스 한쪽에 여러 색깔들이 무질서하게 칠해져 있었다. 물감 병과 튜브들은 열린 채였다. 여러 색깔이 뒤섞인 안료들, 얼룩진 헝겊 조각, 붓들…….

나는 방 안을 몇 발자국 걸었다. 물감 냄새가 공기 중에 가득했다. 땅에서 채취한 것과 인공적으로 만든, 테레빈유油의 강렬한 냄새와 잘 어우러지는. 그는 호의적인 태도로 가만히 서서 내가 자신의 작업실 안을 돌아다니는 모습을 지켜보았다. 나의 호기심과, 탐색하는 듯한 내 두 눈과, 캔버스 앞에서, 하나의 얼굴 앞에서, 바닥에 놓인 그림의 광휘, 그 세부 앞에서 갑자기 걸음을 멈추는 내 모습을 관찰하면서.

"바로 시작하길 원하오?"

그의 목소리가 방 안을 가득 채워서 나는 깜짝 놀랐다. 그의 질문은 그때까지 희미한 가능성에 불과했던 것을 임박한 현실로 변모시키면서 미지의 영역 위로 나를 옮겨놓았다.

"육십 유로요. 세 시간에. 그 조건이면 적당하겠소?"

"네……. 그런데 옷을 벗어야 되나요?"

나는 눈으로 접이식 파티션을 가리키며 조금 망설이는 태도로 물었다.

"모르겠소……. 어떻게 했으면 좋겠소?"

"어떻게 하는 건데요?"

"그냥 삶 속의 당신 모습을 보여 주면 돼요. 당신의 직업과 내 그림에 대한 과도한 그 열정은 별도로 하고 말이오. 당신은 뭘 좋아하지?"

"책이요……."

나는 금방이라도 부서질 것처럼 가느다란 목소리로 대답했다. 큰 실수를 저지른 뒤 변명하는 어린 소녀처럼. 내 내면의 한 부분이 건드려졌다. 껍질 밑에 숨겨진 수액이.

그는 놀라지는 않았지만 갑자기 너무 연약해져 버린 나를 보는 것이 조금 불편한 듯했다.

"어떤 종류의 책이죠?"

"모든 종류요."

내가 좀처럼 길게 이야기하지 않자, 그는 대화를 이어 가야 한다는 생각에 조금 난처해하는 듯 보였다. 그는 눈썹을 찡그리고 뭔가 골똘히 생각하는 시선으로 잠시 침묵을 지켰다. 그러더니 다시 나를 바라보았다.

"그럼 요즘엔 어떤 책을 읽고 있소?"

내가 어깨에 메고 있는 가방 속에 책 한 권이 들어 있었다. 매일 갖고 다니는 가방. 중간 크기지만 문고판 책 한 권을 넣기엔 충분히 큰. 나는 그 탐정소설을 꺼냈고 그는 미소를 지었다.

"그걸 읽도록 해요."

그가 나에게 포즈를 취하고 싶은 곳을 고르게 했다. 나는 자줏빛 소파 위에 놓인 쿠션 하나를 집어 들고 캔버스 두 개 사이의 공간으로 갔다. 그리고 쿠션을 허리 밑에 받치고 등을 벽에 기댄 채 바닥에 앉았다. 청바지를 입고 낡은 컨버스(미국의 운동화 브랜드 이름.—옮긴이)를 신고 온 것이 후회되었다. 옷에 대해서는 미처 생각하지 못했던 것이다.

그는 작업하고 있던 캔버스를 한쪽으로 치우고 캔버스 받침대 위에 빈 캔버스를 올린 다음 나를 바라보며 자리를 잡았다. 탐색하는 듯한 그의 눈이 나를 살폈다.

"뭔가 특별한 자세를 취해야 하나요?"

"그냥 읽어요."

나는 첫 번째 페이지를 펼쳤다. 그러나 글자들에 집중할 수가 없었다. 나는 끊임없이 첫 번째 문장으로 되돌아오면서 의미 파악은 하지 않고 그저 글자를 해독하는 것으로 만족했다. 다니엘이 나에게 다가왔다. 나는 움직이지 않고 가만히 있었다. 그가 내 얼굴을 가볍게 들어올려 자기 쪽으로 조금 끌어당겼다. "이게 더 낫군." 그의 손은 거칠었지만, 목소리는 부드러웠다.

그가 다시 캔버스 쪽으로 돌아갔다. 나는 소설 속에 빠져들었고, 읽고 있던 대목이 끝나기 전에 독서를 마쳤다. 그러나 곧바로 눈을 들지는 않았다. 나는 몇 문단을 다시 읽었다. 몸을 움직이는 것이 두려웠던 것 같다. 그와 나를 이어 주는 이 말없는 관계가 깨어지는 것이.

그림의 모델로서 처음 포즈를 취한 이 시간에 대한 내 기억은 본질적으로 소리와 관련되어 있다. 캔버스 위를 스치는 목탄의 마찰음, 캔버스 위에 칠해지고 섞이는 젖은 물감 소리, 물감 병이 열리는 소리, 붓들이 서로 부딪치는 소리…….. 라이터가 담배에 차례로 불을 붙였고, 불붙은 담배들은 다니엘의 입술에 물려졌다. 말은 한마디도 오가지 않았다. 작업이

끝나고 그가 문가로 나를 배웅하면서 내일은 좀더 이른 시각
에 오라는 말만 했을 뿐이다. 조명 때문에 그렇다며.

"오늘 입은 것과 똑같은 옷을 입고 올까요?"

내가 그에게 물었다.

"아무래도 좋소."

당신은 그 집을 닮았어요. 차갑고 소리 없는 그 1층. 삶이 가능
할 것 같지 않은. 이야기도 없는. 그리고 2층의 작업실. 그 빛,
그 불.

당신은 어디서 그 많은 얼굴들을 만났나요? 아무도 만나지 않
는 당신이?

21

나는 집으로 돌아왔다. 십팔 시 이십 분이었다. 아직도 몇 시간 더 쉬어야 했다. 나는 처음 읽는 뒤라스(Marguerite Duras, 1914~1996, 프랑스의 여성 소설가·희곡작가·영화감독. 1984년 《연인》으로 공쿠르 상을 수상했다. 《조용한 생활》, 《모데라토 칸타빌레》, 《로르 V. 슈타인의 환희》, 《부영사副領事》 등의 소설과 《히로시마 내 사랑》 등의 희곡을 발표했다.—옮긴이)의 작품 《영국인 애인》의 몇 문단을 다시 읽었다. 그때 나는 파리에 도착한 지 얼마 되지 않았고, 일을 몇 타임 뛴 참이었다. 나는 내 관능성의 어두운 부분과 작가의 음악성을 발견했다. 부드러우면서도 거친 음악. 섹스처럼 부드러우면서도 신랄한.

다니엘을 위해 모델로서 포즈를 취한 관능적인 그 새로운 경험 후에 아마도 뒤라스의 단어들을 재발견할 필요가 있었던 모양이다. 그 새로운 수련 후에.

밤 열두 시 삼십 분. 보통 때 같으면 일하는 방을 떠날 시간이었다. 디미트리가 나를 기다리고 있을 것이다. 진정한 위험이 시작되고 있었다. 나는 아주 늦게 잠이 들었다. 잠을 자지 않으려고 필사적으로 저항했지만 결국 졸음이 몰려와 잠에 빠져들었다. 불을 그대로 켜 둔 채. 나는 무서웠다.

22

그럼에도 불구하고 나는 다음날도 다니엘의 집에 갔다. 강렬한 감정, 두려움이 예민하게 느껴졌다.

작업실의 무질서한 풍경이 눈에 들어오고 담배 냄새와 섞인 물감 냄새를 맡자 조금 안도감이 느껴졌다. 나와 달리 다니엘은 전날보다 긴장이 풀려 있었다. 포즈를 취하기 위해 가방 안에서 책을 꺼내는 나를 보고 그가 미소를 지었다. 우리는 막 그림을 그리기 위해 자리를 잡은 참이었다. 나는 작업실 바닥에, 그는 캔버스 앞에.

"오늘은 무슨 책이오?"

나는 그에게 책 표지를 보여 주었다. 《루에게 보내는 시편》
이었다. 나는 그가 일하는 모습을 보고 싶었다. 시詩가 나에게
그것을 허락해 줄 터였다. 읽는 중간에 호흡을 고르기 위해
때때로 눈을 들 수 있으니까. 시집은 시작도 없고 끝도 없는
책이니까.

다니엘의 눈이 책 표지에서 내게로 옮아 왔다. 입술에는 가
벼운 미소가 여전히 떠돌고 있었다.

"당신은 왜 매춘을 하지?"

낭독 사건 이후로 그가 내게 이렇게 친근한 어조로 말을 걸
기는 처음이었다. 하지만 내 쪽에서는 아직 그러지 못하고 있
었다. 토니와 루이자는 예외적인 경우였다. 나는 오히려 일할
때 친근한 어조로 이야기했다. 말하자면 친근한 어투는 고객
들을 위해 아껴 두고 있었다.

"당신은 왜 그림을 그리죠?"

내 대답을 기다렸는데 오히려 내 쪽에서 질문을 하자, 그는
조금 놀란 것 같았다. 그는 조금 망설이다가 대답했다.

"내가 제일 잘 하는 거니까."

"나도 그래요."

그날 그는 내게 다른 질문들도 했다. 그림을 그리는 내내, 캔버스 위에 색깔들을 되는 대로 칠하듯 툭 터놓고. 내 우스꽝스러운 직업과 우스꽝스러운 삶에 대한 질문들이었다. "언제부터? 당신의 고객들은? 당신의 꿈은?" 나는 그에게 에덴 호텔에서 처음 일을 시작한 것, 로즈에 대한 것, '고전파'와 '규격외파', 늘 다른 곳에 가 있는 내 생각 등등에 대해 이야기했다. 그러나 디미트리에 대해서는 이야기하지 않았다.

"그럼 나는? 나는 어느 쪽으로 분류했지? 규격외파?"

"그래요."

그가 웃음을 터뜨렸다. 솔직하고 갑작스러운 웃음이었다. 그는 우리가 만난 이래 처음으로 웃었다.

그의 관심이 내 마음을 움직여 이번에는 내 쪽에서 그에게 질문을 했다. 내 머릿속을 꽉 채우고 있는, 내 입술을 타게 하는 질문들이었다. 그가 마음의 문을 닫을까 봐 두려웠다. 그가 입을 다물면 나는 혼자가 되고 빙산 같은 파란 눈으로 다시 돌아가야 하니까.

나는 간헐적으로 책을 읽었다. 그러기를 스스로 원했다. 어느 순간 그가 나에게 책 쪽으로 눈을 내리라고 말했다. 한동안 침묵이 내려앉았다.

시 몇 편을 읽는 시간. 그리고 우리의 작업이 다시 시작되었다. 내 몸은 움직이지 않았지만 내 시선은 그의 몸짓을, 신비로운 연금술을 뒤쫓았다. 나는 매혹된 채 하나의 세계를 발견하고 있었다.

그날의 작업이 끝났고, 다니엘은 내게 잠깐 기다리라고 말한 뒤 방을 나갔다. 자리에서 일어나 그가 받침대 위에 세워 구석의 벽에 기대어 놓은 캔버스를 보러 가고 싶은 유혹이 너무나 컸다. 하지만 나는 그 유혹에 저항했다. 다니엘이 적포도주 한 병과 동그란 포도주 잔 두 개를 들고 왔다.

"당신이 좋아할 것 같았소."

그가 포도주병을 내게 보여 주며 말했다.

그리고 내 대답을 기다리지 않고 긴 의자에 앉아 잔 두 개에 포도주를 채웠다. 나도 다가가서 앉았다. 나는 오래 전부터 포도주를 마시지 않고 있었다. 없애 버린 습관들 중 하나였다. 나는 포도주 잔을 입에 가져갔다.

"내일은 오지 않아도 되오. 이젠 당신이 없어도 되니까."

그의 얼굴에는 아무런 표정도 떠올라 있지 않았다. 그는 막 포도주를 크게 한 모금 마신 뒤 한 쪽 손에 들고 있던 포도주 잔을 무릎 위에 올려놓은 참이었다. 그가 한 그 한마디가 나를 현실로 돌려보냈다. 내 두려움으로.

"혼자서 그림을 완성할 것이오."

그가 그림이 있는 쪽으로 몸을 돌리며 덧붙였다.

"언제요?"

"잘 모르겠소. ……아마도 내일쯤."

하지 못한 말들로 가득 찬 묘한 침묵이 우리 위에 내려앉았다. 우리는 서로를 바라보지 않은 채 각자의 잔을 비웠다.

현관문 앞에서 그는 바지 주머니에 손을 넣더니 꼬깃꼬깃 접힌 지폐 뭉치를 꺼냈다. 내가 받을 백이십 유로였다. 그는 지폐 뭉치의 구김을 되는 대로 급하게 펴더니 고맙다면서 내게 내밀었다. 나는 그것을 받아들고 문을 열었다. 내 얼굴이 매우 창백해진 것 같았다.

"괜찮소?"

그가 걱정스러운 표정으로 내 안색을 살피며 물었다.

"괜찮아요. ……포도주 때문인가 봐요. 한동안 술을 마시지 않았거든요."

그것은 내 가련한 상태를 마주한 동정이나 연민의 갑작스러운 폭발이었을까? 다니엘이 완성된 그림을 보러 며칠 뒤에 자기 집에 한 번 들르라고 말했다. 며칠…… 그 말, 그리고 그 말 속에 들어 있는 예측할 수 없는 일들이 내 가슴속에 짓누르는 듯한 커다란 공허감을 남겼다.

그가 분노에 찬 표정으로 내가 일하는 방이 있는 건물에서 나와 길가에 주차되어 있는 자동차에 올라타는 모습이 보였다. 디미트리였다. 그는 혼자였다. 나를 기다리고 있었던 것이다.

그 순간, 내게는 낯선 냉정함이 내 몸속에 스며들었다. 나는 건물 앞 도로와 빌레트 거리가 만나는 모퉁이에 얼어붙은 듯 꼼짝 않고 서 있었다. 두 개의 확신 사이에서 괴로워하면서. 빨리 그리고 멀리 떠나야 했다. 하지만 몸이 말을 듣지 않아 그럴 수가 없었다. 두려움 때문에.

디미트리가 내가 있는 쪽으로 고개를 돌렸을 때, 예기치 않았던 에너지가 솟아났다. 말벌에게 물리기라도 한 것처럼. 정신이 수습되기도 전에 몸이 먼저 동요하기 시작했다. 생존하고자 하는 육체의 동물적인 반사 반응. 나는 몸을 돌려 빌레트 거리를 내려갔다. 혼돈스러웠던 정신이 차츰 제자리를 찾아갔다. 길 끝에서 나는 오른쪽으로 돌았다. 피레네 역이 나왔다. 여기서 결정을 해야 했다. 방향을 정해야 했다.

지하철을 타고 어디로든 갈까? 하지만 나는 수표책도 신용카드도 갖고 있지 않았다. 다니엘이 준 백이십 유로뿐이었다. 그 돈으로는 오래 버틸 수 없을 터였다. 돌아가서 혼자 두려움에 맞서야 했다. 아니면 토니에게 내 소지품을 챙겨와 달라고 부탁해야 했다. 하지만 그렇게 하면 토니가 위험해질 수 있었다. 디미트리는 지금 무슨 일이든 할 수 있으니까.

루이자네 가게로 갈까? 하지만 바와 그 주변은 내게 위험지대였다.

빌레트 거리가 끝났다. 나는 오른쪽으로 돌았다. 벨빌 거리였다. 나는 지하철역 쪽으로 갔다. '도망'치면서 나는 계속해서 뒤를 돌아보고, 주변 여기저기에 공포에 찬 시선을 던졌다. 길에서 마주치는 사람들이 이상하다는 듯 나를 살펴보았다. 미친 여자라고 생각하는 게 틀림없었다.

나는 피레네 역 앞에서 걸음을 멈췄다. 결정을 내려야 했다. 지금!

나는 다니엘의 작업실이 있는 시몬 볼리바르 대로 방향으로 발걸음을 재촉했다.

24

나는 화가에게 모든 것을 이야기했다. 숨이 턱밑까지 차오른 상태로 한 마디 한 마디를 내뱉으며 속사포처럼 말을 쏟아냈다. 그가 나를 지켜주도록 그에게 모든 것을 말했다. 미광이 어려 있는 그의 집 어두운 입구에서 내 두려움과 내 멈춰버린 삶에 대한 질망적인 고백을 했다. 그 후에는 기다림과 공허함이 뒤따랐다.

내가 초인종을 눌렀을 때 그는 꽤 시간이 지나서 문을 열었다. 2층에 있었던 것이다. 나를 다시 봤을 때 그의 얼굴에는 아무런 놀람도 나타나지 않았다. 놀람은 그에게 익숙지 않은 감정이었던 것이다. 내 공황 상태와 내가 그곳을 떠난 지 채 삼십 분도 되지 않아 다시 돌아온 것도 그런 감정을 불러일으키기에 충분하지 못한 듯했다.

그는 나를 안으로 들어오게 한 뒤, 내가 하는 말을 조용하고 주의 깊게 끝까지 들었다. 내가 이야기를 끝냈을 때 그는 아무런 질문도 하지 않았다. 그저 2층으로 따라오라고만 했다.

포도주 병과 잔 두 개가 아직도 거기 있었다. 긴 의자 옆 바닥에 놓인 채. 십구 시경이었고, 작업실 안을 채우고 있는 빛은 아직 아름다웠다. 여름의 빛. 나는 그곳을 떠난 적이 없었던 듯한 태도로 긴 의자 위에 다시 자리를 잡고 앉았다. 다니엘이 내 잔에 포도주를 따라 내밀었다. 나는 갈증이 난 사람처럼 숨도 쉬지 않고 그것을 다 마셔 버렸다.

"그럼 언제부터 일을 하지 않은 거요?"

"한 달쯤 됐어요. ……그러다가 이 주 전에 다시 일을 시작했고, 이틀 전부터 다시 일을 쉬었죠. 건물 입구에서 있었던 그 사건 이후로요……."

"그래, 어떻게 할 작정이오?"

그는 내 앞에 서 있었고 그래서인지 굉장히 크게 느껴졌다. 반면 나 자신은 아주 작게 느껴졌고, 그가 질문을 하자 더 작아진 느낌이 들었다. 나는 긴 의자 속에 몸을 웅크렸다.

"모르겠어요."

"경찰에게 가는 건 싫소?"

"경찰에겐 갈 수가 없어요. ……디미트리가 나에게 해를 가했다는 증거가 없으니까요. 그는 나를 말로 위협했을 뿐이고……. 이길 거라는 확신이 들질 않아요."

"그 건물 입구에서 누군가가 당신들을 봤다고 했잖소."

"그 사람은 증언해 주지 않을 거예요. 내게 별로 호의적이지 않거든요."

그는 몇 초 동안 생각에 잠겼다.

"원한다면 내가 당신 집까지 데려다 줄 수 있소. 집에 가서 당신 소지품들을 챙겨 기차나 비행기를 타고 멀리 떠나면 되잖소. ……왜 떠나지 못하는 거요?"

"지금 집으로 가는 건 너무 위험해요."

다니엘이 판단할 때 이 대답이 충분하지 않다는 것을 나는 알고 있었다. 내가 보기에도 그랬으니까.

"난 도망치고 싶지 않아요……."

나는 확신도 없이 덧붙였다.

그의 눈에 분노의 빛이 떠올랐다. 분노가 그를 사로잡아 그의 몸짓이 급격해졌다. 흥분의 몸짓. 그가 방 안을 몇 발자국 걷다가 다시 내게로 돌아왔다. 그 예기치 않은 행동의 의미를 나는 이해할 수 없었다.

"당신은 숨고만 있소. 그렇게 하는 게 옳다고 생각하오? 당신은 여기서도 숨고, 루이자네 바에서도 숨었소. ……오래 전에 잃어버린 자존심 뒤로 숨는 거요."

말을 마친 그는 조금 진정되는 듯하더니, 조금 아까 흥분했던 것에 대해 거북해했다.

"자존심은 두려움 앞에서 힘을 발휘하지 못하오. 난 진정한 두려움에 대해 말하고 있는 거요. ……조금 아까 내가 문을 열어 주었을 때 당신이 느끼고 있던 그런 두려움 말이오."

분노와 거북함은 이제 슬픔에게 자리를 내주었다. 그는 긴

장되고 지친 표정으로 내게 강렬한 시선을 던졌다.

"……상황을 변화시킬 생각이 있다면, 당신이 느끼고 있는 것을 잘 분석해 봐야 하오."

그가 내게서 몸을 돌리더니 캔버스 쪽으로 가서 일하기 시작했다. 나는 혼미함 속에 홀로 남겨졌다. 그의 분노와 무서운 말들 속엔 진실이 담겨 있었다. 그리고 이제 아무것도 없었다. 커튼이 내려졌다. 모든 커뮤니케이션이 단절되었다. 나는 잔에 남아 있는 포도주를 마저 마신 뒤 오랫동안 침묵 속에 가만히 앉아 있었다. 그의 침묵 속에. 갑자기 엄청난 피로감이 몰려왔고, 나는 꿈도 없는 잠 속으로 빠져들었다.

2 5

다니엘의 목소리와 음식 냄새가 나를 깨웠다. 그는 한 손에
는 김이 피어오르는 음식 접시를, 다른 한 손에는 나이프와
포크를 든 채 나와 눈높이를 맞추어 내 앞에 쪼그리고 앉아
있었다.

"오믈렛을 좀 만들어 봤소."

나는 천천히 몸을 일으켰다. 잠이 덜 깨어 아직 두 세계 사
이를 헤매고 있었지만 정신을 가다듬기 위해 노력했다. 나는
그가 내게 내민 접시와 포크, 나이프를 받아들었다.

"고마워요……. 그런데 지금 몇 시죠?"

"이십일 시오. 좀 괜찮아졌소?"

그도 자기 몫의 오믈렛 접시를 든 채 바닥에 책상다리를 하고 앉았다. 이상했다. 이 남자는 자기 집의 한 부분을 완전히 무시하고 있는 듯했다. 아래층의 안락함을 버려두고 이렇게 작업실 바닥에 앉아 음식을 먹는 것을 더 선호하는 듯했다.

"아래층에 있는 방들은 사용하지 않나요?"

내 질문이 그를 성가시게 한 것 같지는 않았다. 오히려 그는 내게 미소를 지어 보였다.

"욕실, 주방, 그게 다요."

"왜요?"

"나는 우수 어린 감정을 좋아하지 않아요. 그것에 너무 쉽게 굴복해 버리거든……."

무슨 말인지 내가 이해하지 못하자 그가 계속해서 말했다.

"이 집은 우리 부모님 집이오. 열여덟 살 때까지 여기 살았지. ……아버지가 돌아가시자 어머니 혼자 이 집에 남겨졌소. 어머니는 이 집을 좋아하셨지. 어머니마저 돌아가시자 내가 이 집을 물려받았소. ……나는 그러고 싶지 않았소. 하지만 그렇다고 집을 팔거나 세를 놓을 용기도 없었소."

그의 시선이 잠시 동안 나를 떠나더니, 뭔가 생각에 잠겼다. 과거의 추억들을 회상하는 듯했다. 잠시 후 그가 나를 다시 바라보았다.

"결국 나는 여기서 살기로 결심했소. 나는 2층의 벽들을 모두 헐어 버리고 지붕을 개조해서 작업실로 만들었소. 작업도 하고 생활도 하기 위해서 말이오. 1층과 그곳에 어린 추억은 건드리지 않은 채 내버려 두었다오."

나는 과거의 유령들을 피하면서도 그것들과 함께 살고 있는 이 남자를 멍하니 바라보았다. 이제야 내가 그에게 끌리는 이유를 이해할 수 있었다. 우리를 소울메이트로 만든 것은 바로 두려움이었다. 그와 나는 두 세계 사이에 갇혀 살고 있었다.

"당신 부모님은 무슨 일을 하셨어요?"

"아버지는 은행가였고, 어머니는 가정 주부였소. 어머니는 이따금 그림을 그리셨다오. 내가 어렸을 때 어머니는 내 초상화를 여러 장 그리셨지."

"어머니가 당신에게 그림을 가르치셨나요?"

"처음엔 그랬소. 나중엔 따로 그림 교육을 받았고. 아버지
에겐 비밀이었지. 나는 외아들이었으니까. 아버지는 내가 아
버지의 뒤를 이어 은행가가 되기를 원하셨지만, ……내가 그
러지 않을 거라는 것을, 공부를 그만두고 그림에 헌신하고 싶
다는 것을 아버지에게 말씀드린 날, 아버지는 격노하셨소. 그
렇게 화내시는 모습은 한 번도 본 적이 없었지. 하지만 나중
엔 누그러지셨다오. 어머니는 내가 하고 싶어하는 대로 내버
려 두고 도와주라고 아버지를 설득했소. 그때 내 나이 열다섯
살이었다오."

작업실 안이 어두워지기 시작했다. 우리는 상처받기 쉬운
두 개의 잿빛 그림자였다. 밤새가 지붕 위에 내려앉았다. 새
들은 우리 머리 위에서 이따금 가볍게 발을 굴렀다. 멀리서
도시의 소음이 끊이지 않고 들려왔다. 몇 달 만에 처음으로
마음이 평화로웠다.
다니엘은 내게 다른 추억의 편린들도 이야기해 주었다. 신
중하게 고른 것들이었다. 그는 화산의 용암 한가운데를 향해

다가가면서도 그 속에 결코 빠지지 않고 위태롭게 서 있는 셈
이었다.

　그가 갑자기 자리에서 일어나더니, 돕겠다는 내 제안도 뿌
리치고 접시와 나이프, 포크들을 거두기 시작했다. 그리고 1
층으로 통하는 계단을 향해 다가갔다. 그는 이내 모습을 감추
었고, 나는 꽤 오랫동안 혼자 남겨졌다. 바깥은 깜깜한 어둠
이었다. 나는 이곳을 떠나고 싶지 않았다.
　물소리가 나고, 설거지하는 소리가 나고, 장식장이나 찬장
을 열 때 나는 경첩 삐걱거리는 소리가 났다.
　나는 자리에서 일어나 좁은 계단을 걸어 내려갔다. 그리고
거의 완전한 암흑 속에 도달했다. 복도처럼 보이는 곳 끝에
방 하나가 있었다. 그 방에서 한 줄기 빛이 새어 나와 주변의
공간을 희미하게 비추고 있었다. 나는 그 방 쪽으로 걸어가
문지방 위에 섰다. 침실이었다. 안에 다니엘이 있었다. 그는
짙은 색깔의 나무로 된 커다란 침대에 시트를 깔고 있었다.
간소하고 엄격함이 느껴지는 방이었다. 1층의 다른 공간과 마

찬가지로 가구들은 하얀 천에 덮여 있었고, 벽에는 작은 꽃무늬가 촘촘히 박힌 벽걸이용 양탄자가 걸려 있었다. 질식할 것 같은 느낌이 들었다. 다니엘이 내 쪽으로 몸을 돌렸다.

"오늘 밤은 여기서 지내요. 내일 다시 생각해 보기로 하고……."

나는 대답할 말을 찾지 못했다. 그 순간 고마운 마음을 말로 표현할 수 없었고 안도감이 몰려왔지만, 너무 고마워하는 것도 우스워 보일 것 같았다. 나는 침대로 다가가 그가 하고 있는 일을 돕는 것으로 만족했다. 호기심에 가득 찬 내 눈길이 방 안 이곳저곳을 떠돌았다. 이 방은 그가 어렸을 때 쓰던 방이고, 그 후엔 손님방으로 쓰고 있노라고 내게 설명해 주었다.

잠자리가 마침내 준비되었다. 다니엘은 욕실이 있는 곳을 가르쳐 준 뒤, 잘 자라고 인사했다. 그리고 작업실로 올라갔다. 그는 그런 식으로 그가 비밀로 간직하고 있던 곳 중 하나를 요구받지도 않은 상태에서 갑작스럽게 열어 보여 주었다. 그리고 나를 하얀 천으로 덮인 그의 유령들과 함께 홀로 남겨 두었다.

26

나는 쉽사리 잠들지 못했다. 벽시계의 초침 소리가 요란스럽게 들렸다. 그 소리는 내 머릿속에 울려 퍼졌고 내게서 떠나지 않았다. 나는 전혀 휴식을 취할 수 없었다. 나는 끊임없이 몸을 이리저리 뒤척였다. 정신이 오히려 말똥말똥해졌다.

나는 불을 켜고 싶지 않았다. 방이 나를 짓누르는 것만 같았다. 하얀 시트, 벽에 걸린 양탄자, 죽음의 냄새……. 나는 침대에서 일어났다. 바지와 셔츠를 더듬더듬 찾아 입고 방 밖으로 나갔다. 눈이 어둠과 그 색조에 익숙해지자 별문제 없이 작업실로 통하는 계단까지 갈 수 있었다. 나는 몽유병 환자처럼 계단을 올라갔다.

맨발에 닿는 바닥이 부드럽고 포근하게 느껴졌다. 위층에 올라가니, 커다란 방 안을 지배하고 있는 전적인 침묵 때문에 위축되었다. 다시 내려가고 싶은 마음이 내 몸을 사로잡았다가 다시 사라졌다. 나는 반쯤 시트에 덮인 채 꼼짝 않고 있는 다니엘의 몸을 주의 깊게 살피면서 긴 의자 쪽으로 다가갔다.

그는 배를 깔고 엎드린 자세로 누워 있었다. 몸 위쪽이 드러나 있었다. 분명 옷을 완전히 벗고 있는 듯했다. 그의 몸이 이렇게 말랐으리라고는 상상하지 못했다. 거의 가냘프게 보였다. 피부 밑의 뼈가 도드라져 보일 지경이었다.

나는 긴 의자 위에 앉았다. 그리고 잠들어 있는 그의 몸을 바라보며 한동안 움직이지 않고 가만히 있었다. 나는 내 호흡을 그의 호흡에 맞추었다. 자연스러운 그의 호흡의 리듬에.

그가 천천히 몸을 일으키더니 내 쪽으로 고개를 돌렸다. 그는 나를 보고 미소를 지었다.

"내가 당신을 깨웠나요?"

"아니, 자고 있지 않았소."

그는 몸을 돌려 등을 긴 의자에 대고 누운 뒤, 시트를 배 위로 끌어올렸다. 그가 유리 천장 너머의 검은 하늘을 올려다보았다. 나를 위한 순간이었다…….

"당신 그림 속의 그 갈색 피부 여자는 누구죠?"

그는 움직이지 않고 가만히 있다가, 잠시 후 두 손으로 몸을 지탱하고 일어나더니 뒤쪽의 벽에 기대었다.

"그게 당신이냐고 묻는 거요?"

"그래요."

짧은 침묵이 흐른 후 그가 대답했다.

"당신 맞소. 하지만 반드시 당신만은 아니오. 예술은 모든 것의 혼합이오. 순수하기만 한 것은 없소. 하나의 얼굴은 열 개의 얼굴의 총체라오……. 몽테를랑(Henry de Montherlant, 1896~1972, 프랑스의 소설가·극작가.《아침 교대》,《젊은 처녀들》,《선善의 악마》 등의 소설,《포르 루아얄》,《이스파니아의 추기경》 등의 희곡을 남겼다.―옮긴이)은 그것을 '마녀의 냄비'라고 불렀지."

"저 얼굴 속에는 몇 개의 얼굴이 들어 있죠?"

"두 개의 얼굴. 확신할 수는 없지만……."

다니엘이 나에게 이야기했다. 내가 알지 못하는 그 얼굴에 대해. 이번엔 내가 들을 차례였다. 우리들의 유령 이야기.

우리가 사랑한다는 것을 아는 날이 올 거예요. 그날 밤, 나는 내가 당신을 사랑하고 있다는 것을 알았어요.

27

그의 유령들

서른 살 때의 다니엘을 상상해야 한다. 지금과 같기도 하고 다르기도 한. 슬픔을 모르는 무정한 남자. 환멸에 사로잡히지 않는 비타협적인 성격. 야망도 컸다. 그는 그림에 대해서만 생각했고 그림에 완전히 사로잡혀 있었다.

그의 그림들이 잘 팔리기 시작하고 있었다. 그의 이름이 작품을 '전시하기 좋은' 화랑들에 회자되고 있었다.

사람의 얼굴과 육체들에 대한 매혹은 그때부터 있었다. 그의 그림 속에. 특히 어느 한 얼굴에 대해. 그를 위해 자주 모델을 서 주는 비사교적인 성격의 갈색 피부를 가진 젊은 여자의 얼굴이었다. 그녀의 눈 속엔 빈정거림과 연약함이 함께 담겨 있었다. 날카로운 고음을 연주하는 사람처럼 전율하는. 금방이라도 깨어질 것 같은.

어느 날 포즈를 취하고 난 뒤 그 젊은 여자가 그에게 편지 한 장을 주었다. 그녀가 떠난 뒤에 읽으라고. 다니엘은 그녀가 갈 때까지 기다리지 않았다. 그는 그녀에게 가지 말고 남아 있으라고 했고, 그녀 앞에서 그 편지를 읽었다. 편지엔 사랑의 고백이 담겨 있었다. 그는 그것을 읽었고, 웃었다. 그녀 앞에서. 그는 두려워서 웃었다. 그 편지에 동요되었기 때문에, 그 동요 앞에서 어떻게 행동해야 할지 몰랐기 때문에 웃었다. 그는 그녀가 그 포기의 말들과 소름 끼칠 정도로 무서운 순수함을 가지고 떠나도록 하기 위해 웃었다. 그는 웃었다. 그가 '베일을 쓰고' 있었기 때문에, 아무것도 그 베일 아래로 미끄러져 그의 피부 가까이 다가오지 못하게 하기 위해.

그녀는 떠났다. 아무 말도 하지 않고. 언제나 그랬던 것처럼. 다음날 그녀는 오지 않았다. 그 다음날도. 다니엘은 그녀의 집으로 찾아갔다.

건물 관리인 아주머니가 그녀에게 일어난 일을 그에게 말해 주었다. 술, 약, 앰뷸런스는 너무 늦게 도착했다……. "참 안된 일이에요. 그렇게 젊은 여자가……. 대체 무슨 생각으로 그랬는지 한번 알아나 봐요." 마침 그녀의 어머니가 찾아왔다가 그녀의 방에서 이미 숨이 끊어진 그녀를 발견했다. 그녀는 아무런 유언도 남기지 않았다.

다니엘은 루이자네 바에서 처음 나를 보았다. 그는 한 화상과 거기서 약속이 있었다. 낙천적인 그 미국인은 창녀들의 거리를 약속 장소로 잡은 것에 대해 매우 이국적으로 생각하며 경탄하고 있었다.

하지만 나는 그날 저녁 그를 보지 못했다. 그는 내가 그의 옛 모델과 너무나 닮아서 충격을 받았다. 그는 그 후에도 루이자네 바를 여러 번 찾아왔다. 나로 하여금 그녀가 남긴 고백을 읽게 하고 싶은 욕망이 그의 마음속에 천천히 스며들었다. 사람들이 혼자서 뭔가를 인정할 때 갖게 되는 터무니없는 바람 같은 욕망. 그리고 그 욕망은 하나의 강박관념이 되어갔다.

그것은 속죄의 행위는 아니었다. 그는 어떤 용서도 기대하지 않았다. 하늘로부터도, 자기 자신으로부터도. 그는 다만 혐오감이 그를 떠나기를 바랐을 뿐이다. 거울 속에서 또는 길가 상점의 유리창에서 우연히 자기 자신의 얼굴과 마주칠 때마다 그의 목구멍과 뱃속에서 혐오감이 스멀스멀 기어올랐다.

28

나의 유령들

나는 아버지에 대해 자주 생각하지는 않았다. 그럴 필요성을 느끼지 못했다. 그는 거기에 있었다. 그 어디에나 나를 따라다녔다. 내가 하는 모든 행동들, 내가 하는 모든 말들 속에. 그를 닮은 내 모습이 어찌할 수 없이 나를 그에게 얽어맸다.

우리를 떨어뜨려 놓는 것은 책이었다. 결정적으로. 내가 지나치게 짧은 스커트 따위의 밤의 옷차림을 한 채 거리에 서 있는 모습을 그가 보기 전부터. 우리가 서로에 대해 갖고 있는 서투르고 역행하는 사랑만큼이나 깊고 오래 지속되었던 그 분리.

아버지는 지식을 믿지 않았다. 지식은 그에게 두려움을 주었다. 그가 알지 못하는 혹은 조금밖에 모르는 그 모든 것들이 그랬듯이. 그가 생각하기에 지식은 '머리를 뒤틀리게 할' 뿐이었다. 그는 열네 살까지 학교를 다녔다. 어쩔 수 없이. 그리고 캉탈에 있는 농장에서 아버지와 동생을 도와 일했다. 매일 새벽 네 시 삼십 분에 서른 마리가량 되는 암소의 젖을 짜야 했고, 저녁에도 해야 할 다른 일들이 있었다.

그의 지성은 훈련받지 못했다. 그는 본능에 따라 행동하는 사람이었다. 그것이 그가 자랑스러워하는 부분인 동시에 그의 치부였다.

열여덟 살에 그는 군에 입대했고, 군에 남기로 결심했다. 좋아하지 않던 농장 일을 피해 보려고 자원해서 남은 것이다. 그의 피부에 가축 냄새가 달라붙었고, 그 냄새는 그 자신의 피부처럼 되어 갔다. 군에서는 그를 인도차이나로 보냈다. 거기서 그는 피 냄새와 내장을 후벼 파는 두려움을 발견했다. 처음으로 사람을 죽여야 했을 때는 방아쇠에 대고 있던 손가락이 마비되었고, 탄창은 총알을 토해 내지 못했다. 그러나 멈출 수가 없었다. 마침내 방아쇠를 당긴 뒤 그는 시체 앞에 얼어붙었고, 그러고 나서도 죽이고 또 죽였다.

그는 제대한 뒤 내 어머니를 만났다. 그때 그는 고향에 돌아와 별다른 확신도 없이 다시 아버지 일을 돕고 있었다. 더 나은 뭔가를 기다리면서. 오리야크에서 열린 7월 14일의 무도회에서 그는 그녀가 부모님과 함께 도착하는 모습을 보았다. 그녀는 열일곱 살이었고, 그 지역에서 휴가를 보내는 중이었다. 아버지는 스물세 살이었고 한 번도 휴가를 떠나 본 적이 없었다. 몇 번 했던 여행은 그를 지옥으로 데려갔다. 그는 그녀에게 춤을 청했다. 그는 그녀의 팔을 붙잡았고, 그 팔을 놓아 주고 싶지 않았다.

그들은 오세르에 정착했다. 내 어머니가 살던 도시에. 아버지는 미련 없이 캉탈을 떠났다. 내 어머니의 부모님들은 욘의 가장자리 레퓌블리크 강변에서 식당을 하나 경영하고 계셨다. 전통요리를 파는 식당이었고 친숙한 단골손님들이 드나들었다. 혁신적인 데는 없었지만 식당은 잘 돌아갔다. 내 아버지는 거기서 웨이터로 일하기 시작했다. 어머니는 대학 입학 자격시험을 준비하며 식당 회계 일을 도왔다.

십 년 뒤, 내 외할아버지가 돌아가시자 그들은 그 가게를 물려받았다.

부모님은 십삼 년 동안 나를 기다렸다. 희망을 갖고. 아이의 부재. 그 슬픔에 맞서 자신들이 할 수 있는 일이 무엇인지 매일 자문하면서. 그들은 십삼 년 동안 그 지역의 모든 산부인과 의사들을 찾아다녔고, 심지어는 파리에 있는 용하다는 산부인과까지 찾아갔다. 그러나 십삼 년간의 치료는 아무런 소득이 없었다. 어머니는 매달 생리 때마다 불안감에 떨어야 했다. 나중엔 섹스를 하는 것조차 혐오스러웠다.

그들이 더 이상 나를 기다리지 않게 되었을 때 내가 왔다.

아버지는 딸을 낳아 자기 어머니의 이름을 붙여 주고 싶어
했다. 그는 행복해했다. 그렇게 나는 내 삶 이외의 또 다른 삶
을 상속받았다. 자신의 삶으로부터 내쫓긴 한 여자의 삶을.
내 할머니는 할아버지에게 소박을 맞고 친정으로 쫓겨 갔다.
이웃 마을에 사는 어느 남자와 불륜에 빠졌기 때문이었다.

할아버지는 할머니를 다시는 보지 않으려 했고, 아들과도
만나지 못하게 했다. 그의 권위와 타고난 난폭함은 불복종을
용납하지 않았다. 그때 내 아버지는 일곱 살이었고, 이후 다
시는 어머니를 보지 못했다.

내 어머니가 돌아가셨을 때 나 역시 일곱 살이었다. 자동차
사고였다. 조심했음에도 불구하고 역사는 이미 되풀이되기
시작했다.

어린 소녀였던 나는 아버지를 사랑했다. 나는 아버지의 것
이었다. 아버지는 나의 보호자로서 내게서 눈길을 떼지 않으
며 내가 바라는 아주 작은 소원이나 사소한 근심거리까지 세

심하게 보살폈다. 그는 자신의 역사를 다시 쓰고 있었다. 내 덕분에.

아버지는 여자들에게 인기가 있는 편이었지만 여자 혼자서 우리 집을 방문하는 일은 한 번도 없었다. 어렸을 때 아버지 는 가끔 나를 사촌언니에게 맡기고 저녁 외출을 하곤 했다. 그 기분 나쁜 사촌언니의 이름은 잊어버렸다. 아버지의 외출 은 시간이 지남에 따라 점점 뜸해졌고, 나중에는 아주 예외적 인 일이 되어 버렸다.

나는 너무 어린 나이에 책을 지나치게 많이 읽었던 것 같 다. 사춘기에 접어들면서 머리가 굵어지자, 아버지의 사랑이 독재로 변했다고 느껴졌다.

내가 커 가는 것은 아버지를 두렵게 했다. 내가 그를 떠날 수도 있다는 생각은 그를 견딜 수 없게 만들었다. 그는 좀 ‘도 와 달라’는 명목 하에 이따금씩 나를 식당에서 일하게 했고, 그런 일이 점점 잦아졌다. 나를 자기에게, 내가 혐오하는 그 곳에 묶어 두기 위한 방편이었다. 그는 내가 대학 입학 자격

시험만 마치고 공부를 그만두기를 원했다. 하지만 나는 계속 공부하고 싶었고 오세르를 떠나고 싶었다. 우리 사이에 증오가 가로놓였다. 증오는 사랑과 같은 빛깔을 띠고 있었다. 우리 사이에는 논쟁이 자주 벌어졌고, 그것은 점점 폭력적이 되어 갔다. 물리적으로뿐만 아니라 언어적으로도. 역시 논쟁을 벌인 어느 날 나는 집을 나와 파리로 올라왔다.

매춘을 한 것은 아마도 그에게 돌아갈 수 없게 만드는 방편이었던 것 같다. 그의 지배에서 완벽하게 도망치기 위한.

그러나 우리는 저주에서 도망치지 못했다. 우리 두 사람은 저주에서 멀어지고 있다고 생각하면서 실제로는 저주를 향해 걸어갔던 것이다.

29

나는 내 방으로 돌아가지 않았다. 내 이야기를 다 마친 후, 지친 어린아이처럼 긴 의자 위에서 잠이 들었다. 아버지에 대해 이야기할 때 나를 바라보던 다니엘의 눈길은 지워지지 않는 영상 같았고, 나는 잠 속으로 휩쓸려 갔다. 무한한 부드러움을 느끼며.

다음날 아침 눈을 떴을 때 침대는 비어 있었고, 나는 작업실에 혼자 있었다. 방 한가운데의 받침대 위에 나를 모델로 한 그림이 놓여 있었다. 다 완성된 상태였다. 그리고 하얀 봉투가 한 개 있었다.

그는 내 얼굴을 그렸다. 오로지 그뿐이었다. 독서에 대한 그 부드러운 집중. 그 평정심. 이 그림 속에 내 것이 아닌 다른 얼굴도 있을까? 아마도 그럴 것이다……. 내 눈에는 보이지 않지만.

나는 봉투를 집어 안에 든 편지를 꺼냈다.

여기 당신의 얼굴이 있소. 아주 딴판은 아닌 것 같소.

나는 일주일 동안 여행을 떠나오. 원한다면 여기서 지내도 좋소. 잘 생각해 보고 결정을 내릴 때인 것 같소. 당신은 마음 깊은 곳에서 당신이 해야 할 일이 무엇인지 알고 있소. 그것을 실행에 옮겨요.

내가 떠나는 건 도망치는 게 아니오. 유령들을 죽이는 건 쉽지 않은 일이오. 유령들이 죽으려면 시간이 필요하다오.

처음으로 당신에게 입맞춤을 보내오.

다니엘

30

나는 다니엘의 집에 이틀을 머물렀다. 그 이틀 동안 작업실 밖으로 거의 나가지 않았다. 주방에서 음식을 만들어 먹거나 욕실에서 몸을 씻을 때만 1층으로 내려갔다. 나는 생명의 질서의 필요에 따라 아래층은 제쳐 놓고 2층에 틀어박힌 채 다니엘이 했음 직한 방식으로 집 안을 돌아다녔다. 나는 그의 침대에서 잠을 잤다.

휴식과도 같은 이틀. 최초의 목적지 가장자리에 도달하기 직전 잠시 동안의 탈선. 나는 내 첫 번째 여행의 끄트머리에 도달해 있었다.

별로 대단한 일을 하지는 않았다. 그저 다가올 낮 시간들을 생각했다. 내가 내리게 될 결정들에 뒤따를. 그 결정들 앞에서 나는 물러서지 않을 터였다.

삼 일째 되던 날, 나는 아침 일찍 일어나 욕실 공간을 꽉 채우고 있는 중간 크기의 세탁기 속에 내 옷가지들을 집어넣었다. 세탁, 건조, 몇 시간 동안의 기다림……. 벌거벗은 채 그곳에 있자니 나 자신이 끔찍할 만큼 낯설게 느껴졌다. 비정상. 사실 그것은 야릇한 일이었다. 나는 아주 가까운 곳으로 유배를 떠나온 것과 같았다. 조금은 부조리한 일이기도 했다. 자기가 사는 동네의 호텔에서 잠을 자는 것과 같은.

옷이 마르자 나는 그것들을 입고 다니엘의 집을 나섰다. 나는 돌아올 때를 대비해 그가 남겨 두고 간 열쇠를 챙겼다. 내가 일하던 건물 주변을 피해 피레네 지하철역으로 빠르게 걸어갔다. 사람들이 이상하다는 표정으로 나를 쳐다보았다. 옷이 많이 구겨져 있어서 그런 것 같았다. 다리미를 찾아내는 일은 어렵지 않았지만, 나는 옷을 잡아당겨 주름을 조금 없애는 것으로 만족했다.

나는 가르 드 리옹 지하철역에서 내려 첫 번째로 보이는 렌터카 대리점 안으로 들어갔다. 나를 맞이한 여직원은 내가 현금으로 지불하는 것을 보고 깜짝 놀랐다. 내가 입고 있는 옷 상태가 그녀에게 신뢰를 주지 못한 것 같았다. 그녀는 내 운전면허증을 복사한 뒤 용의주도한 표정으로 렌터카 계약서의 중요한 조항들을 설명해 주고는 자동차 키를 내밀었다. 그림 모델을 하고 받은 돈의 거의 전부가 빠져나갔다.

나는 대리점 주차장으로 가서 내가 빌린 메탈릭 그레이 색상의 오펠 코르사(독일의 자동차 모델명.—옮긴이)를 찾았다. 굳이 가까이 다가가지 않아도, 멀리서도 그것을 알아볼 수 있었다. 그것은 내 여행의 빛깔일 터였다. 회색. 튀지 않는 색깔. 내가 자랐고 이십 년 동안 떠나 있다가 바야흐로 돌아가게 된 그 도시 같은.

파리-오세르. 두 시간 거리. 혹은 그보다 덜 걸릴 수도 있는. 나는 그날 안에 파리로 다시 돌아오기로 나 자신과 약속했다. 어떤 일이 일어나든 간에.

여행의 처음 삼십 분 동안 나는 운전의 기술적인 측면에만 몰두했다. 오래 전부터 잠들어 있던 반사 신경을 되돌리는 일은 힘이 들었다. 파리에 와서 일 년쯤 지나 운전면허를 땄지만 운전해 본 일은 거의 없었기 때문이다.

단조로운 고속도로로 일단 진입하자, 자연스럽게 여행의 다음 단계와 아버지와의 대면에 대해 생각하게 되었다. 내가 의식적으로 유발하고 있는 대면. 그 필수불가결한 행동에 대해.

나는 굳이 화해하고 싶지는 않았다. 나는 그간의 침묵을 우리의 마지막 만남으로 채우고 싶었다. 거기에 사랑과 증오의 말들을 채워 넣고 싶었다. 별로 중요하지 않은 말이라도. 우리의 증오는 도착된 사랑이었다. 적나라하게 보여 주기에는 너무나 고통스러운. 나는 침묵을 죽이고 싶었다. 우리의 저주. 우리의 유산. 자부심이고 자랑거리인 것처럼 핏속에 흐르고 있는 그 독.

오세르 초입에 도착하는 바람에 생각의 흐름이 급작스럽게 끊겼다. 이제 기억해 내야 했다. 그러나 이상하게도 길들을 봐도 아무것도 떠오르지 않았다. 내 머릿속에서 기억들이 깨끗이 지워진 것 같았다. 고립되어 있거나 도달할 수 없는 길들처럼 느껴졌다. 나는 두 번이나 사람들에게 길을 물어야 했다.

식당 앞에 도착한 나는 충격을 받았다. 내 기억력이 망각의 작업을 아직 완수하지 못한 듯했다.

어린 시절과 변한 것이 하나도 없었다. 건물 정면, 조금 낡고 투박한……. 붉은색 네모난 식탁보와 흰색 내부를 떠올리게 하는 건물 정면. 그리고 식당 이름 '조르주네'. 조르주는 내 할아버지의 이름이었다. 내 부모님은 단골손님을 잃지 않기 위해 그 이름을 그대로 사용했었다.

식당 위층에는 내가 자란 아파트가 있었다. 덧창은 닫혀 있었다. 시계를 보니 열한 시 삼십 분이었다. 아버지가 아직도 일을 한다면 아래층에 있을 터였다.

나는 건물 앞에 자동차를 주차하고 잠시 망설이다가 마침내 자동차 문을 열었다. 가벼운 현기증이 일었다. 상황도 상황이려니와 전날부터 아무것도 먹지 않았던 것이다. 나는 운전석에 앉아 지금 나를 두렵게 하는 그곳에 시선을 고정한 채 현기증이 지나가기를 기다렸다. 내가 멀리하고 싶었던 모든 것이 거기에 있었다. 지루하면서도 행복했던 어린 시절. 내 반항과 고독.

나는 자동차에서 나와 식당 입구까지 천천히 걸어갔다. 내부 역시 아무것도 변하지 않았다. 가족 단위 손님들을 마음 편히 맞아 주는 소박하고 '촌스러운' 내부. 둥글거나 네모난 모양의 나무로 된 커다란 테이블 위에 포크와 나이프 세트 오십여 개가 세팅되어 있었다. 예의 네모난 붉은 식탁보도 깔려 있었다. 식기는 단단했으며, 버드나무 광주리도 놓여 있었다. 장식 없는 견고함. 추천요리는 고기를 많이 사용한 열량 높은 음식이었다. 파리에 사는 채식주의자들의 취향과는 거리가 먼.

손님은 아직 한 명도 없었다. 여드름이 난 젊은 웨이터가 테이블 정리를 하고 있었다. 나는 그에게 다가가 사장님을 만나고 싶다고 말했다. 웨이터는 나를 향해 수줍게 미소를 지으며 주방으로 사라졌다. 땅딸막한 오십대의 대머리 남자가 곧바로 주방에서 나왔다. 그는 잠시 나를 살피더니 미소 띤 얼굴로 내게 다가왔다.

"안녕하세요, 여기 사장님이신가요?"

"네, 제가 사장입니다. ……무엇을 도와 드릴까요?"

"예전 사장님을 만나러 왔어요. 베르고 씨요. 아직도 위층에 사시나요?"

"베르고 씨요?"

놀란 그의 표정에 내 피가 얼어붙었다. 나는 그 표정의 의미를 즉각적으로 알아챘다. 이상하게도 그럴 가능성에 대해서는 생각하지 않고 있었다. 부모님이 영원히 산 거라고 믿는 어린 소녀처럼.

아버지는 이 년 전에 세상을 떠났다. 죽음이 그를 찾아왔을 때 그는 틀림없이 누군가 나를 찾아 데려오기를 바랐을 것이다. 죽음을 준비할 시간이 있었으니까. 그는 오랜 투병생활 끝에 죽었다고 했다.

나는 알려줘서 고맙다고 사장에게 인사를 하고 자동차로 돌아갔다. 내가 누구인지는 말하지 않았다. 무덤으로 가는 길에 나는 다시 한 번 길을 물어야 했다.

내 부모님은 같은 묘지에 나란히 묻혀 있었다. 나는 그곳에 잠깐 동안 머물렀다. 8월의 햇볕을 받아 뜨뜻해진 묘석에 손을 댄 채.

여행하는 동안 나는 단 한순간도 울고 싶지 않았다. 파리로 돌아갈 때조차도. 나는 슬프지 않았다. 그저 공허할 뿐이었다. 저녁이 다 되어 다니엘의 집에 도착했다. 뭔가가 내 안에서 느슨해졌다. 그리고 눈물이 흘렀다. 격하지 않게, 오랫동안.

31

행복했던 어느 여름이 기억난다. 내 나이 열한 살 때였다. 내가 식당에서 지루해하자 아버지는 나를 캉탈의 할아버지 집에 보냈다.

거기서 머무는 삼 주 동안 나는 진정한 야생의 삶을 살았다. 식사하거나 잠잘 때만 집 안으로 들어가고, 대부분의 시간을 풀밭에 누워 책을 읽거나 삼촌과 함께 암소들을 돌보며 밖에서 보냈다.

삼촌, 그러니까 내 아버지의 동생에게는 아들이 둘 있었는데, 둘 다 나보다 나이가 많았다. 그들은 이따금 농장에 일하러 왔다.

나는 막 콜레트(Sidonie-Gabrielle Colette, 1873~1954, 프랑스의 여성 소설가. 댄서, 배우, 기자로도 활동했다. 동식물에 대한 애정, 야성적이며 청신한 감성, 관능적인 여성성 등이 작품의 특징이다. 《청맥》, 《지지》, 《천진난만한 탕녀》 등의 작품을 남겼다.—옮긴이)를 발견한 참이었다. 오리야크의 한 식료품점에서 《학교에서의 클로딘》(클로딘이라는 소녀가 주인공으로 등장하는 콜레트의 자전소설. 《파리의 클로딘》, 《가정의 클로딘》, 《떠나가는 클로딘》과 함께 4부작을 이룬다.—옮긴이)을 산 것이다. 식료품점 주인은 가게 입구에 놓인 야채 바구니에 중고 책을 넣어 놓고 팔았다.

나는 그 책을 읽고 감명을 받았고, 그 후 호기심에 이끌려 사촌들 중 한 명에게 말을 더듬거리며 내 유혹의 기술을 테스트해 보면서 행복감을 느꼈다. 물론 둘 중 더 잘생긴 사촌에게. 그는 결국 나에게 키스하고는 곧바로 나를 밀쳐 냈다. 나는 그가 정말로 내게 욕망을 느꼈기 때문에 그런 것이라고 생각했다.

할아버지 집에서 나는 공주였다. 늙으신 할아버지는 나를 애지중지했다. 할아버지는 아들만 둘을 두었고, 삼촌도 마찬가지였다. 오직 내 아버지만 딸을 두었다. 딸은 하늘이 내린 선물이었다.

나와 함께 있을 때면 때때로 할아버지는 하던 일을 멈추고 나를 유심히 바라보곤 했다. 아무 말도 없이. 나는 할아버지가 왜 그러는지 이해하지 못했고, 할아버지가 노망기가 있나 보다고 생각했다. 내가 할머니의 삶에 대해 아무것도 모를 때였다. 사람들은 할머니가 돌아가셨다고 했고, 내가 아는 것은 그것이 전부였다.

나중에 아버지가 모든 것을 이야기해 주었고, 나는 내가 할아버지로 하여금 그가 버렸지만 여전히 사랑하고 있는 여자를 생각나게 했다는 것을 이해할 수 있었다. 할머니는 실제로 죽은 것이나 다름없었다. 슬픔 때문에 죽어 가고 있었으니까.

삼 주 후, 아버지가 며칠 시간을 내서 나를 데려가기 위해 찾아왔다. 아버지는 아무런 기별 없이 도착했고, 나는 산책에서 돌아오는 길에 할아버지와 함께 부엌에 앉아 있는 아버지를 보았다. 아버지를 보자 사랑과 행복의 감정이 왈칵 몰려왔고, 나는 아버지의 품에 달려가 안겼다. 그것이 내가 진심 어린 마음으로 아버지에게 안겼던 마지막 기억이다. 자발적으로 안긴 마지막 기억이기도 하다. 그 후 우리에게 내린 저주에 대한 폭로가 있었다. 내 천진난만함도 거기서 끝이 났다. 그 모든 사랑의 절반만으로도 질식해 버릴 것만 같은 두려움이 느껴졌다.

32

오세르에 다녀온 다음날, 나는 루이자에게 전화를 걸었다. 그녀와 토니가 보고 싶었다. 그들과 이야기하고 싶었다. 카운터에서 또는 전화로. 그들에게 해야 할 말은 시간을 요했다. 또한 한 번 더 그들의 존재를 활용하고 싶었다. 그래서 나는 그날 저녁 셋이서 함께 식사하자고 제안했고, 루이자네 바에서 만나기로 했다. 상황이 상황이니만큼 바는 이례적으로 십구 시부터 문을 닫기로 했다. 나는 우선 다니엘의 집에 피신해 있다고 루이자에게 짤막하게 이야기하고 디미트리가 내 주소를 알고 있다는 것도 이야기했다. 토니가 나를 다니엘의 집으

로 데리러 오고 저녁 식사 후에도 바래다주기로 약속했다. 그
러자 조금 안심이 되었다. 나는 어서 저녁이 되어 토니가 나
를 찾아오기를 기다리며 바깥에 나가지 않고 낮 시간을 평온
하게 보냈다.

나는 이 집 안에서 보내는 시간이 끝을 향해 가고 있음을
알고 있었고, 작업실에서 나가지 않고 한나절을 보내는 데 불
편하지 않았다. 오히려 편안하게 느껴졌다. 나는 각각의 사물
들이 지워지지 않고 마음속에 새겨지도록 시간을 들여 꼼꼼
히 바라보았다. 물건들, 그림들……, 그 냄새…….

저녁이 되자 토니가 도착하기 전에 머리카락을 매만지고
기운을 되찾기 위해 서둘러 욕실로 들어갔다. 이렇게 오랫동
안 화장을 하지 않고 지낸 적이 없었다. 거울을 통해 내 모습
을 꼼꼼히 살폈지만 헛일이었다. 나는 내 겉모습이 어떤지 평
가를 내릴 수가 없었다. 내 모습이 어떻게 보이는지 알 수 없
었다. 그렇다, 나는 피곤했다……. 눈 밑에는 다크서클이 드
리워져 있었고, 관자놀이에는 건강할 때는 잘 보이지 않던 파

란 정맥이 도드라져 보였다. 그러나 그냥 그뿐이었다. 나머지
는 잘 알 수 없어서 그냥 흘려보냈다.

초인종 소리가 났을 때 나는 소스라쳤다. 나는 욕실에서 나
와 문을 열러 갔다.

이런 곳에서 토니를 만나니 기분이 이상했다. 토니는 마치
자신이 출연할 영화가 아닌데 이유도 없이 불쑥 등장한 영화
배우 같았다. 그러나 어쨌든 그를 보니 기운이 났다. 언제나
그랬듯이……. 그는 나를 부드럽게 포옹했지만 안으로 들어
오지는 않으려 했다. 내가 2층에서 가방을 정리하고 아래층으
로 내려와 현관문을 주의 깊게 열쇠로 잠그는 동안 그는 밖에
서 기다렸다.

자동차 안에 함께 있는 동안 그에서 왠지 모를 거리감이
느껴졌다. 그는 내가 알지 못하는 뭔가를 골똘히 생각하는 듯
했다. 그는 내가 일하는 건물 발치에서 마지막으로 디미트리
를 보았을 때 일어난 일에 대해서만 자세히 물었을 뿐 말이
거의 없었다.

오히려 내 쪽에서 그에게 여러 가지 질문을 했다. 루이자에 대해, 바 형편은 어떤지, 디미트리와 실비아에 관련된 예기치 못한 문제가 또 발생하지는 않았는지. 그는 간단명료하게 대답했다. 루이자는 잘 지내고, 경찰과의 문제도 원만히 해결되고 있으며, 감시도 날이 갈수록 느슨해지고 있다고. 그리고 디미트리와 실비아는 그 이후 바에 한 번도 나타나지 않았다고.

완전한 침묵 속에서 여정의 끝이 보이고 있었다.

나를 맞아들이는 루이자의 태도는 토니의 신중함과 대조되었다. 그녀는 평소에도 호들갑을 떠는 일이 종종 있었지만 이번엔 더욱 그랬다. 토니와 나는 바 뒤쪽에 있는 주방으로 들어갔고, 루이자는 포도주 마개를 땄다. 주방은 매우 소박했다. 루이자는 평소에 여기서 손님들에게 대접할 샌드위치를 만들었다. 냉장고 하나, 개수대, 조리대, 그릇들이 정돈되어 있는 찬장……. 그날 저녁엔 우리 세 사람을 위한 작은 테이블 하나와 의자 세 개가 준비되었다. 테이블은 이미 차려져 있었고, 바질을 넣은 토마토소스의 맛있는 냄새가 공기 중에

감돌고 있었다.

포도주 마개가 열리면서 난 낭랑한 축제의 소리가 우리를 환영하는 듯했고, 루이자는 나를 꼭 끌어안았다. 그러고서는 내가 거짓말하지 못하도록 내 눈을 뚫어져라 바라보았다.

"잘 지내고 있는 거야?"

"나쁘지 않아요."

"여기에 앉아."

루이자가 포도주를 잔에 따랐고, 토니는 전기 플레이트 위에 얹힌 냄비 속의 끓는 물에 스파게티 한 줌을 집어넣었다.

"이 포도주 맛 좀 봐. 이탈리아 포도주야. 토스카나에서 온 거야."

루이자가 내게 포도주 잔을 내밀면서 말했다.

나는 루이자의 감시의 눈길을 받으며 포도주를 맛보았다. 그녀는 반응을 살피며 내 의견을 기다렸다.

"아주 좋네요."

내 평가를 듣고 안심한 루이자가 미소를 지었다. 그녀는 늘 내 열등감을 나무랐고, 나를 중요한 의견을 가진 사람으로 대접했다. 믿고 사귈 수 있는 사람으로.

"당신은 언젠가 꼭 이탈리아에 가 봐야 해. ……틀림없이 그곳이 마음에 들 거라니까."

그녀가 천진스럽게 말했다. 입 밖에 내자마자 잊혀지는 그렇고 그런 상투적인 말이었다. 그러나 그 순간 그 말은 내 상황과 맞아떨어지면서 힘과 구체적 영향력을 획득했다. 물론 그녀는 그것을 눈치 채지 못했을 테지만.

나는 내가 전화를 걸고 이곳을 찾아온 이유에 대해 곧바로 그들에게 이야기하지 않았다. 두 사람 중 그것에 대해 내게 질문하는 사람도 없었다. 그들은 내가 준비될 때까지 인내심 있게 기다렸다. 나는 이 순간을 충만하게 살고 싶었다. 식사, 포도주, 루이자의 이야기, 내가 사랑하는 것들, 지난 오 년 동안 내 존재의 본질을 형성시켜 준 모든 것들을.

루이자가 내게 거리의 여자들의 소식을 알려 주었다. 손님 끌기가 굉장히 어려워졌다고, 아니, 거의 불가능해졌다고 했다. 사태가 해결된다 해도 사정이 좋아질 것 같지는 않다고도

했다. 이 작은 세계 전체가 변화의 요구 앞에 놓여 있었다.

계속 식사하는 동안 긴 침묵의 순간이 내려앉았고, 내게는 그것이 말을 하라는 무언의 권유로 느껴졌다. 이제 내가 말해야 할 차례였다.

"나는 떠날 거예요."

두 사람은 동시에 눈을 들어 나를 바라보았다.

"어디로 갈지, 얼마나 걸릴지는 아직 모르겠어요. 하지만 그래야 해요. 때가 됐어요."

상황을 참작할 때 이 말은 이상할 것이 없었다. 어떤 사람이 휴가를 떠날 거라고 친구들에게 말하는 것과 다름없었다. 하지만 나는 단순히 휴가를 떠나는 것이 아니었고, 지금까지 휴가를 떠나 본 적이 한 번도 없었다. 지난 몇 달 동안 복잡하고 난처한 상황을 겪기 전까지 나는 한 번도 내 습관의 굴레를 깨뜨려 본 적이 없었다. 우리 세 사람은 이러한 결정이 내 삶과 내 미래에 장차 어떠한 결과를 가져올지 알지 못했다.

토니가 맨 처음으로 반응을 보였다.

"디미트리 때문인가요?"

"그렇기도 하고 아니기도 해요. ……여러 가지 때문이라고 하는 게 맞겠죠. 그중엔 당신들에게 말하지 않은 것도 있고요."

"난 알고 있었어. ……당신이 전화를 걸어왔을 때 그렇게 되지 않을까 하고 느꼈어."

그녀는 슬픈 듯이 미소 짓고는 잠시 시간을 두었다가 덧붙였다.

"나도 기뻐. 당신에겐 잘된 일이야."

루이자는 나를 축하해 주었지만 내가 다시 돌아올 것이라는 보장이 없었기 때문에 울고 싶은 심정인 듯했다. 그녀의 삶 또한 변화하고 있었고, 그것은 그녀를 두렵게 하고 있었다.

33

저녁 식사가 끝난 후, 토니가 나와 동행해 주었다. 우선 내 출발을 위해 소지품을 챙겨 짐 가방을 꾸리기 위해 내 집에 들렀다. 다니엘은 내일모레 돌아올 예정이었다. 그때 나는 거기 없어야 했다. 이제 나는 내 목적지를 확실하게 정한 상태였다.

그 다음에는 다니엘의 집으로 갔다. 집 정문 앞에 자동차를 세운 뒤 토니가 입구까지 내 짐 가방을 날라다 주겠다고 했다.

그도 루이자와 마찬가지로 내가 이틀 후에 출발하려고 계획하고 있다는 것과 우리가 오랫동안 만나지 못할 거라는 것을 잘 알고 있었다. 감정이 북받쳐 올라 가방을 나르는 그의 손길이 서툴렀다. 나 역시 그랬다. 우리는 가방을 사이에 둔 채 미소 띤 얼굴로 서로를 바라보며 문 앞에 서 있었다. 지금 이 순간 우리가 서로에게 느끼는 슬픈 감정을 말로 표현한다는 것은 불가능했다. 우리는 간단한 대화로 그 슬픔을 감췄다.

"돌아오게 되면 연락할 거죠?"

"물론이죠……."

"떠나기 전까지 뭘 하며 지낼 거예요?"

"아무것도요. ……움직이지 않고 집 안에 있을 거예요. 지금 디미트리와 마주치기라도 하면 큰일이잖아요."

토니의 얼굴이 어두워졌다. 그는 잠시 눈을 내리깔고 있다가 다시 눈을 들어 나를 바라보았다.

"디미트리에 대해서는 이제 걱정하지 않아도 될 거예요. 자기가 데리고 있는 여자들과도 해결할 문제가 많을 테니까."

"아마도 그렇겠죠."

　그의 입술에 미소가 떠올랐다가 재빨리 사라졌다. 그는 내 손을 꽉 잡은 다음 뺨을 마주 대며 작별인사를 했다. 그의 눈이 마지막으로 내 눈 속에 머물렀다. 그리고 그는 나에게서 등을 돌려 자동차 쪽으로 멀어져 갔다.

두 번째 이야기

34

나는 다음날 저녁 리옹 역에서 기차를 탔다. 기차는 다음날 아침 열한 시를 전후해 로마에 도착할 예정이었다. 이 긴 여행에 대한 전망이 나를 즐겁게 했다. 나는 출발의 무게를 온전히 느끼고, 시간이 천천히 흐르며 나를 파리로부터 점점 멀리 데려가는 것을 실감하고 싶었다.

나는 내가 탈 기차 좌석을 예약하기 위해 아침 일찍 일어났고, 이탈리아의 수도에 관한 안내서를 사기 위해 이른 시각에 다니엘의 집을 나섰다. 숙소는 테르미니 역에 이웃한 호텔 중에서 고를 생각이었다. 하지만 역사의 중심지와 그 소란스러움에서 멀리 떨어진 아벤티노 언덕 초원지대에 있는 하숙집에 대한 설명을 읽고 나자 마음이 바뀌었다. 나는 그 도시가 관광객들에게 발하는 매력과 나의 성급한 행동을 의식하면서 큰 기대 없이 그 하숙집에 전화를 걸었다. 생각했던 것과 달리 행운의 여신은 내 편이었다. 손님 몇 명이 갑자기 예약을 취소했던 것이다.

나는 신문이나 잡지를 거의 읽지 않았지만, 리옹 역 신문판매대에서 잡지 몇 권과 그 날짜 신문 몇 부를 샀다. 파리에 작별을 고하는 하나의 방식으로…….

내가 탈 기차가 도착하기까지는 십 분쯤 남아 있었다. 나는 플랫폼을 마주하고 앉아 신문 한 장을 읽기 시작했다.

'잡다한 사건사고' 난에 몇 줄의 기사가 실려 있었다. 생 드니 거리의 철거 중인 한 건물의 잔해 밑에서 한 남자의 사체가 발견됐다는 기사였다. 남자는 둔기에 여러 번 얻어맞아 두개골이 부서졌으며, 죽은 시간은 일주일이 채 안 된 것으로 추정된다고 했다. 그 남자는 디미트리 S.라는 이름의 유명한 포주로, 경찰도 잘 알고 있는 사람이라는 설명도 덧붙어 있었다. 범행 수법으로 볼 때 건달들 사이의 세력 싸움에서 희생된 것으로 추측된다고 했다.

다니엘의 집으로 나를 데리러 왔을 때의 토니의 이상했던 태도와 그가 했던 디미트리에 관한 마지막 말이 떠올랐다.

내가 탈 기차가 도착했다. 나는 읽던 신문을 접어 의자 위에 놓아두고 플랫폼을 향해 걸어갔다.

35

기차 안에서 나는 다니엘에게 편지를 썼다.

떠나기 전에 당신에게 한마디 남기고 싶었어요. 하지만 아무 말도 떠오르질 않네요. 당신 집에서 보낸 닷새 동안에 대한 내 감사의 마음은 그 어떤 말로도 표현할 수 없을 거예요. 명쾌하고 예리한 닷새였어요. 나와 내 진실 앞에 거울이 하나 놓인 것 같았죠. 당신 그림처럼요. 그 시간은 당신이 꾸밈없는 무심한 태도로 내게 준 선물이었어요. 당신이 당신에게 감동과 충격을 주는 사물들에 대해 말하는 방식도 그런 식이죠. 당신은 당신이 세상을 피해 숨어 있다는 것을 잘 알고 있어요.

나는 파리로부터 나를 실어 나르고 있는 기차 안에서 이 편지를 쓰고 있어요. 나는 로마로 갈 거예요. 친구가 그곳에 가 보라고 조언해 주었어요.

나는 길을 바꿀 거예요. 지금 이 순간 소름이 끼칠 만큼 상실감이 느껴져요. 하지만 잘 해나갈 거예요.

나는 내 진짜 얼굴을 찾을 거예요. 오직 당신만이 보았던 그 얼굴을!

나 또한 처음으로 당신에게 키스를 보내요.

클레르

유령들과 함께 사는 사람들

올해 서른셋이 된 카트린 로캉드로는 2004년 가을, 첫 소설 《밤의 클라라》로 프랑스 문단의 주목을 받으며 화려하게 데뷔했다. 때마침 프랑스 출판계와 문단, 편집자들은 신선한 신인 작가의 출현을 목마르게 기다리고 있었고, 그 기대에 대한 부응을 예고하듯 예년에 비해 오십 퍼센트나 증가한 무려 백스무 편의 첫 소설들이 쏟아져 나왔다. 전통을 자랑하는 문예지 〈르 피가로 리테레르〉는 그 백스무 명의 신인 작가 중 장래가 촉망되는 아홉 명을 엄선했고, 그중에는 물론 카트린 로캉드로도 포함되었다. 또한 〈르 푸엥〉지는 '신인 여성작가인 카트린 로캉드로에게서 심장의 충격을 받았다. 그녀의 소설 《밤의 클라라》는 가장 흥미를 끄는 책이다' 라고 보도하며 그녀의 행보에 큰 기대를 표했다.

한 여성작가의 첫 소설을 언론에서 이토록 호들갑을 떨며 호평을 한 이유는 무엇일까? 소설의 처음 시작 부분, 파리의 창녀 클라라가 새로운 손님 다니엘 레보비츠를 만나러 와 계단 발치에서 계단 위쪽의 다니엘을 올려다보는 장면은 매우 인상적이다. 계단 위쪽에서 여자를 기다리는 남자, 그리고 아래쪽에서 그 남자를 올려다보는 여자. 소설은 시작부터 두 남녀의 만남에 강렬한 색채를 부여하면서 독자들의 주의를 끌어당긴다. 이 부분은 매우 회화적, 영상적이기도 하다. 두 낡녀의 첫 만남 장면이 별로 애쓰지 않아도 저절로 눈앞에 그려지는 것이다. 단편영화의 시나리오를 쓰고 직접 제작하기도 했던 작가의 경력을 보면 머리가 끄덕여지기도 한다. 또한 이 작품은 문체가 매우 절제되어 있고 간결하다. 문체만 그런 것이 아니라 등장인물들의 감정이나 심리묘사도 그렇다. '절제' 가 보통 수많은 경험을 쌓은 대가들에게서 찾아볼 수 있는 미덕인 만큼, 이 점을 언론과 평론가들이 높이 산 듯싶다.

이 작품의 표면적인 줄거리는 창녀 클라라가 그 구역에 새로 온 포주에게서 생계와 육체에 대한 위협을 받고 새로운 삶을 찾아 떠난다는 내용이다. 그러나 어찌 보면 그것은 그녀가 새로운 삶을 시작하도록 계기를 제공하는 표면적인 구실에 불과한 것 같다. 새로운 출발은 소설 시작 부분에서 화가 다니엘 레보비츠가 사랑의 고백이 담긴 편지를 낭독해 달라고 그녀에게 부탁했을 때부터 예견된다. 클라라 자신이 말하듯이 그것은 '낮의 클라라' 가 '밤의 클라라' 의 영토를 잠식하는 문제 그 이상이었으니까. 클라라는 낮과 밤의 사이에 견고한 장막을 드리운 채 이십 년 동안 이중생활을 해왔다. 밤에는 창녀 일을 하지만 일에 관련된 사람들 외에는 특별히 만나는 사람도 없고, 아침과 낮 시간은 엄격한 시간표에 따라 운동과 식사, 산책, 독서 등으로 채워 나간다. 그런데 '밤 시간' 에 다니엘이라는 남자가 등장하여 '낮의 행위' 인 '읽기' 를 요구한 것이다.

나중에 클라라가 포주 디미트리로부터 직접적인 신체의 위협을 당한 후 다니엘의 작업실에 닷새 동안 피신해 있는 것은 두 사람의 만남의 특성상 매우 자연스러운 일로 보인다. 다니엘은 클라라의 진실한 얼굴을 그림으로 옮겼고, 클라라는 다니엘이 자신의 '소울메이트'라는 것을 깨닫는다. 두 사람은 모두 두려움에 사로잡힌 사람들이고, 그들에게는 과거의 상처인 '유령들'과 함께 살고 있다. 클라라는 자신의 유령을 대면하기 위해, 잃어버린 과거를 찾기 위해 이십 년 만에 고향을 방문한다. 아버지가 이미 돌아가셔서 그와의 오래된 애증을 풀지는 못하지만 자신의 두려움과 충분히 대면하게 되고, 새로운 삶을 시작할 힘을 얻어 로마로 떠나기로 결심한다. 로마로 가는 기차에 오르기 직전 클라라는 디미트리가 살해당했다는 소식을 신문을 통해 알게 되고, 기차 안에서 다니엘에게 보내는 편지를 쓴다.

어쩌면 우리에겐 각자 자기 몫의 유령이 있는지도 모른다. 두려움에서 벗어나 그 유령과 마주하고 새롭게 삶을 다시 시작할 힘을 얻기 위해서는 클라라-다니엘과 같은 '소울메이트'의 존재가 필요한지도……. 맨 마지막 부분, 클라라가 다니엘에게 보내는 편지 부분을 번역하면서 지금 다니엘은 자신

의 유령과 어떤 식으로 대면하고 있을지, 어떻게 그만의 새로
운 삶을 다시 시작할지 궁금해졌다.

2006년 가을 초입

최 정 수

마리 조제 바르브, 칼바도스 치안국장 피에르 두트르, 안 마리 쿠차르스키,

그리고 아르노 타란톨라에게 감사의 마음을 전합니다.